우리의 사랑은
온유한가

고찬근 신부의 단상집

우리의 사랑은
온유한가

인생의 에너지

* * * * *

　낙엽이 다 지고 있습니다. 사람은 죽음을 앞에 두면 두려움, 미련, 삶에 대한 집착으로 몸부림치지만 나뭇잎은 너무나 자연스럽게 나뭇가지에서 떨어져 춤을 추며 내려옵니다. 뿌리가 땅에 박혀 움직일 수도 없는 일생을 사는 나무이지만, 나무는 포기할 줄 알고 버릴 줄 알고 자기를 비울 줄도 압니다. 우리 인간은 손발이 자유롭고 많은 것을 할 수 있지만 포기하고 버리고 비울 줄을 모릅니다. 나무보다 귀한 척하지만 나무보다 어리석기도 합니다.

우리 인간의 몸은 모두 유효기간이 있는 소모품입니다. 대개 팔십 년 정도의 시간을 쓰고 나면 쓸모를 다했다 느껴집니다. 어르신들의 말씀을 들으면 그 팔십 년도 그리 긴 시간이 아니랍니다. 부지런히 의미를 찾아서 뭐든 해야 합니다. 건강과 힘과 시간을 가지고 좋은 일을 해야 합니다. 쓸모없는 존재가 되기 전에 열심히 쓸모 있는 일을 해야 합니다.

'완전연소'라는 말을 떠올려봅니다. 우리 인생도 완전연소 되기를 바랍니다. 남기는 것 아무것도 없이 깨끗하게 떠나는 인생 말입니다. 유산이나 그 밖의 다른 것들을 남기는 것이 자식들에게 결코 어떤 의미가 되진 않습니다. 아름다운 일에 건강과 재산을 모두 소진하고 사랑에 대한 추억만 남기고 갔으면 좋겠습니다.

'인생무상'이라는 말도 있습니다. 모든 것은 변합니다. 꿈도 희망도 청춘도 변하고 절대 변하지 않을 것 같던 맹세도 변합니다. 변하지 않겠다고 맹세할 것이 아니라, 변하지 않으려고 발버둥칠 것이 아니라, 자연스럽게 변화되어야 합니다. 젊음은 늙음으로, 건강은 병약으로, 생명은 죽음으로 순하게 변해야 합니다. 그러니 사랑 속에서 나눔 속에서 곱게 잘 늙어가고 숙명처럼 병들고 자연스럽게 잘 죽을 일입니다.

살아 있다는 건 연소할 에너지가 있음을 의미합니다. 에너지 중에 무척 센 것은 미움과 질투와 욕심의 에너지입니다. 절대로 양보하거나 포기하지 않는 에너지가 바로 이런 부정적인 것들입니다. 이런 에너지가 사랑과 용서와 나눔의 에너지로 바뀐다면 세상은 얼마나 풍요롭고 아름답고 살 만한 곳으로 변할까요?

부디 우리 인생의 모든 에너지를 마지막 피 한 방울까지, 마지막 숨 한 모금까지 사랑을 위해 완전연소 할 수 있기를 바랍니다.

목 차

계속 존재하기

* * * * *

지금 이 지구상에는 70억이 넘는 사람들이 존재한다고 합니다. 그러나 우리가 그 사람들에게 무관심하다면 그들이 함께 존재하고 있으나마나 아무런 차이가 없습니다. 또한 우리는 모든 것이 여전할 것이라 믿으며 하루를 살지만, 우리 생각보다 빠르게 모든 것은 변합니다. 건강도 젊음도 간데없고, 함께했던 가족도 흩어질 것이며, 지금 내가 소유한 것도 남의 차지가 되거나 더는 소유하지 못할 것입니다. 결국 우리는 모두 사라질 것입니다. 백년 뒤에 우리 무덤이 남아나 있겠습니까? 다시 또 백년 뒤엔 무엇이 남아 있겠습니까?

참으로 존재하는 것, 그리고 계속 존재하는 것은 누군가에게 의미 있는 존재가 되는 것입니다.

우리는 육체를 떠날 준비를 하며 살아야 합니다. 그날이 왔을 때 우리가 새로운 존재로 변화하기 위해서는, 살아 있는 동안 주위 사람들에게 무의미한 존재가 아니라 의미 있는 존재가 되어야 합니다. 우리가 지금 이웃에게 무관심한 삶을 살아간다면, 우리의 죽음도 그들에게 무관심한 기삿거리처럼 잊히고 말 것입니다.

우리가 사랑으로 살고 사랑으로 죽으면, 우리가 사랑했던 그 사람들의 기억 속에 남아 있게 될 것입니다. 의미로 남게 될 것입니다. 보이지 않는 사랑이면 어떻습니까. 타고 남은 재가 다시 기름이 되듯이, 사랑했던 사람들이 내 사랑의 의미를 되새겨준다면 나는 다시 활활 살아 존재하게 될 것입니다.

NOW HERE

* * * * *

우리가 알지 못하는 것, 남에게서 전해들은 것, 가보지 못한 곳, 가져보지 못한 것에 대해 우리는 그것이 좋으리라는 막연한 환상을 가지고 살아갑니다.

그러나 세상과 인생은 우리가 체험한 것 그 이상도 그 이하도 아닙니다. 태어나고 죽는 것이고, 연인을 사랑하고, 빈부가 존재하고……. 인간에 대한 큰 기대도 부질없고, 나를 포함한 인간의 부족함에 대해서도 크게 실망할 필요가 없습니다. 우리 눈앞에 가까이 있는 진실이 바로 인생입니다. 성공해봐야, 학위를 따봐야, 돈을 벌어봐야 인생은 흙을 닮았습니다. 쓸쓸한 초저녁 같고, 배고프고 춥고, 다 부족하고 그렇고 그런 형국입니다.

그 가까이 있는 작은 것들 안에서 의미를 찾고, 행복을 찾고, 미소와 기쁨을 찾고, 기다림과 희망을 찾고, 사랑을 찾고, 신神을 찾는 것이 우리 인생의 숙제입니다. 그리고 그 숙제는 결코 쉽지 않습니다.

많은 현대인들은 돈을 벌고, 모으고, 좀더 나아지기 위해 마냥 분주합니다. 죄마저도 달콤한 것이라 여기고 가까이 두고 살아가고들 있습니다. 허무를 보지 못하는 삶입니다. 세상 모든 것들이 허무하다는 그 속성을 알아볼 때, 허무하지 않은 찬란한 삶은 시작됩니다.

'NOWHERE아무데도. 없다'가 띄어쓰기 차이로 'NOW HERE이제. 여기'가 되는 것처럼 말입니다.

힘내어 살아보기

* * * * *

우리는 우리가 원하지도 않았는데 참으로 무서운 경쟁사회에 부속되어버렸습니다. 수단과 방법을 가리지 않고 남을 이겨야 살아남는 사회, 경쟁에서 뒤지면 누구라도 길거리에 나앉을 수 있고 그렇게 잊혀야 하는 사회, 장애가 있는 사람들이 살아가기엔 너무나 비정한 사회, 때론 가까운 사람끼리도 서로 적이 되어 싸워야 하고, 가난을 사는 사람들에게 아예 관심을 꺼버리는 냉혹한 사회에 살고 있는 우리들입니다.

인정人情 많은 민족으로 더불어 살아가던 삶의 풍성함은 어디 갔습니까. 인간 사회는 유기적인 공동체입니다. '혼자'가 아닌 '서로'를 중시하며 살아야 하는 공동체입니다.

어느 한 계층이 허물어져 죽게 되면 결국은 모두 함께 죽게 된다는 사실을 왜 모르는지요? 사람은 사랑을 먹고 사는 존재이고 사랑의 대상은 결국 다른 사람들입니다. 모두를 이기고 혼자 살아남는다면 사랑할 사람이 없는데 무슨 의미가 남겠습니까.

우리가 사는 지금을 절망과 좌절의 시대라고도 할 수 있겠습니다. 종교와 사상의 차이 그리고 빈부의 격차로 인한 테러와 전쟁, 정치·경제적 후진국들의 발전을 허락하지 않는 선진 강대국들의 착취 구조, 그로 인해 생기는 국가 차원의 우울증과 정신질환 그리고 그 많은 자살들…… 세상이 이러한데 앵무새처럼 희망이란 말을 되풀이할 수만은 없게 되었습니다.

그래도 우리는 그 모든 것을 이겨내고 살아야 합니다. 당신과 나의 성실과 정직이 거대하고도 불의한 세상의 폭력을 끝내는 이길 수 있다는 희망으로. 겸손하고 조용하지만 연민의 정이 가득한 마음으로 끝까지 걸어가는 인생길, 그 길만이 지금의 시끄럽고 혼란스럽고 무정하고도 부정하며 절망스럽기까지 한 이 세상을 이기는 유일한 인생길입니다. 윤동주 시인의 시구처럼 '모든 죽어가는 것을 사랑해야지' 하는 그 마음을 찾아야 하겠습니다.

강직한 사람 되기

* * * * *

사람들이 누군가를 칭찬할 때 그 칭찬에 동의하기란 그리 쉽지 않습니다. 좋지 않은 점을 슬쩍 들춰내 어떻게든 그 사람을 깎아내리려는 시기심이 우리에게 있습니다. 그런가 하면 사람들이 자기를 분에 넘치게 칭찬할 때는 그것을 바로잡아야 함에도 불구하고 침묵으로 긍정을 표하기도 합니다. 그런 침묵은 일종의 사기입니다.

우리는 시기심도 없고 욕심도 없는, 강직한 사람이 될 수 있을까요? 맞는 것은 '예'라고, 틀린 것은 '아니오'라고 서슴지 않고 말하는 사람 말입니다. 여기서 '서슴지 않고'는 중요한 부분입니다. 이것은 흔들리지 않는다는 뜻이며 강직한 그 사람의 인격을 보여줍니다. 어떤 상황에서든 잔머리를 굴리지 않고, 유혹에 흔들리지 않는 사람입니다.

우리 사회에는 강직한 사람들이 많이 필요합니다. 근거 없이 남을 헐뜯거나 바닥에 내동댕이치는 일이 아니라, 남의 명예를 시기하다 못해 가로채는 일이 아니라, 그저 순한 나무가 되는 일을 하는 사람.

오직 진실을 말하고 행하는 사람들, 인간으로서 정신의 자유를 한껏 누리는 사람들이 더 많아졌으면 좋겠습니다.

겸손하기

*** * * * * ***

슈바이처 박사는 노벨평화상을 수상하고 금의환향할 때 기차를 탔는데 3등 칸에 탔다고 합니다. 1등 칸에서 그를 찾던 기자들은 마침내 3등 칸에서 그를 발견하곤, 왜 고생스럽게 3등 칸에 있느냐고 물었습니다. 이에 그는 4등 칸이 없어서 3등 칸에 탔다고 대답했답니다. 의사인 그의 도움을 필요로 하는 환자들은 3등 칸에 더 많을 거라 생각했기 때문입니다.

무조건 높아지려고 하는 것이나 무조건 낮추는 것도 문제이지만 스스로가 높아지기 위해서 낮추는 것 또한 문제입니다.

어울리지 않는 자리를 기웃대지 않고 자기 자리를 잘 찾는 것이 겸손입니다. 겸손은 자연스럽게 살기 위한 덕목이고 더 나아가 사람다워지는 비결입니다.

남이 잘못하는 것, 실수하는 것을 인정하지 못하는 건 교만입니다. 교만한 사람에겐 평화가 없습니다. 겸손한 사람의 마음은 늘 자기 내면을 향해 있습니다. 그런 사람은 늘 자기반성과 자기계발에 힘씁니다. 그는 남을 비판할 겨를이 없어 남을 비판하지도 않으니 항상 평화 속에 머뭅니다.

다시 겸손하기

* * * * *

자기만 아는 사람과 자신이 누구인지 아는 사람은 명백히 다릅니다. 현대사회는 치열한 경쟁사회입니다. 자신이 가진 재력이나 학력이나 권력을 과시하지 않으면 세속의 경쟁에서 이기기 어렵습니다. 그러다보니 겸손한 사람을 만나기가 어려워졌습니다. 겸손한 사람이 도태되는 세상입니다.

겸손이라는 것은 무조건 자기를 낮추는 것이 아닙니다. 겸손은 있는 그대로의 자기를 바로 볼 줄 아는 것이고, 다른 사람을 제대로 평가할 줄 아는 것입니다. 그리하여 겸손한 사람은 고개 숙여야 할 대상 앞에서는 고개를 숙이고, 청해야 할 상황에서 청할 줄도 알고, 자기 자신을 과대평가하거나 과소평가하지도 않습니다. 겸손한 사람들이 많아져야 세상이 낮아집니다. 세상이 낮아진다는 것은 빗장을 지르지 않은 상태일 테니 모두가 살 만해진다는 말입니다.

분명 우리는 경쟁 속에서 살고 있습니다. 태어나면서부터 이 세상을 떠날 때까지 경쟁은 계속됩니다. 더 좋은 조제분유, 영재교육, 개인 과외, 명문 대학, 대기업, 고급 아파트, 실버타운, 화환이 많은 장례식…….

지나친 경쟁 속에 살다보면 늘 과분한 것을 추구하고, 기회주의적으로 행동하고, 남의 명예를 가로채는 행동도 하게 됩니다. 그리하여 본연의 자기가 아닌 과대 포장된 '허구의 나'를 살게 됩니다. 계속해서 허구의 나를 분장하며 살아간다면 긴장과 불안이 떠날 리 없고 마음의 평화를 누릴 수가 없습니다.

한 번뿐인 우리 인생이 연극이 되어서는 곤란하지 않겠습니까. 경쟁을 위한 무장을 해제하고, 욕심과 집착을 내려놓고, 본연의 자기를 찾는 노력이 필요하겠습니다. 원래의 자기 모습을 찾아 그 모습 그대로 살고, 그 모습에 맞는 일을 해야 합니다. 부족하면 부족한 대로, 없으면 없는 대로, 모르면 모르는 대로 다만 사랑하려고

하고 가슴을 열어놓고 살려고 노력하면 됩니다.

자기 자신을 알고 인정하고, 자기를 사는 사람은 겸손할 줄 아는 사람입니다. 겸손한 사람은 자기를 알듯이 남도 알아보고 살지만, 겸손하지 않은 사람은 자기를 모르듯이 다른 사람도 몰라볼 뿐 아니라 인정하려 들지도 않습니다.

한 번 더 겸손하기

* * * *

자존심이 없으면 가벼워 보이거나 비굴해 보이기도 합니다. 그런가 하면 자존심이 강해 일을 그르치는 경우도 자주 있습니다. 일을 그르치는 자존심은 제대로 된 자존심이 아닌 경우가 많습니다. 자존심 때문에 기분이 상하고 인간관계까지 나빠질 때 그 내면을 잘 살펴보면 그것은 자존심이 아니라 자만심인 경우로, 자기를 지나치게 내세우고 있음을 알 수 있습니다. 자기를 높이는 진정한 자존심은 겸손과 통하는 것입니다. 딱딱한 상태에서 유연한 상태로 흐르는 것입니다.

일상생활 속에서 울컥울컥 자존심이 올라올 때 한번 더 겸손해지면 많은 일을 이룰 수 있습니다. 특히 세상에서 중요한 일, 의미 있는 일들은 겸손하지 않으면 이루어내기가 어렵습니다.

집착을 버리고 자신에게 자꾸 정직해지기. 그렇게 할 수만 있다면 우리는 정확하게 나를 바라보게 됩니다. 그런 다음 우리는 겸손을 우리 마음 안에 초대할 수 있습니다.

고통과 함께하기

인생은 고통의 바다라지요. 그렇습니다. 고통은 인생의 조건입니다. 어떤 사람은 자신의 욕심 때문에, 어떤 사람은 옳은 일을 하려다, 그리고 대부분의 사람은 죽음이라는 두려움 속에 고통받으며 인생을 살아갑니다. 고통의 톱니바퀴 속에 살아가고 있는 것입니다.

고통의 원인이야 여러 가지일 수 있겠지만 고통받는 사람은 자기 옆에 함께 고통받는 사람이 있을 때 연대할 수 있다고 합니다. 그렇다면 우리는 지금 내 고통이 나만의 외로운 고통이 아니라 옆에서 누구든 함께하고 있는 고통이라는 것을 깨달았으면 좋겠습니다. 아프더라도 고통만이 고통을 치유해주는 약이 될 수 있음을 알아가면 좋겠습니다.

고통의 다른 말은 '이사'입니다. 고통의 벼랑 끝에서 항상 우리는 어느 쪽으로든 옮겨져 있기 때문입니다. 고통을 받아들이는 일은 우리가 좀더 나은 쪽으로 움직이겠다는 의지인 것입니다. 고통을 통과한 후에 우리가 주변을 더 섬세하게 둘러볼 수 있게 되는 것도 다 고통의 힘 때문입니다. 고통은 우리를 흔들어 깨어나게 합니다.

고통과 행복의 관계

* * * *

사람들은 이 세상이 고통 없는 파라다이스이기를 바랍니다. 고통 없이 태어나고, 고통 없이 성장하고 배우며, 마음껏 먹고 마시며 즐기면서 살아가는 인생은 참 좋아 보입니다. 그러나 그렇게 주어진 행복이 정말 맛있는 인생인지, 과연 의미 있는 행복인지 생각해보게 됩니다.

산고産苦를 겪은 어머니가 생명의 소중함을 더 잘 알고, 사막에서 갈증을 느껴본 사람만이 물맛을 더 잘 알고, 고독을 경험하면 타인을 더욱 사랑할 수 있으며, 죽음의 쓸쓸함을 알아야 삶도 그만큼 무게를 갖게 되는 것입니다. 우리의 인생 안에는 고통과 행복이 동시에 존재합니다. 그리고 그것은 인간이라면 받아들여야 하는 선물입니다.

세상이 점점 편리해지고 풍요로워지면서 그 과정에서는 더 힘들게 살아가야 하는 사람들과 소외되는 계층, 가난해지는 나라가 생겨나고 있음도 알아야 합니다. 이 시대는 가진 사람들에게는 고통 없는 행복이 점점 늘어나고, 가지지 못한 사람들에게는 행복 없는 고통만 가중되고 있습니다.

고통 없는 행복은 허무함이며, 행복 없는 고통은 비참함입니다. 둘 중에 행복 하나만 택하려 하지 마십시오. 고통이 깊을수록 행복은 선명해집니다.

등불 하나

* * * *

    다치거나 병들었을 때 치료하지 않고 계속 방치하면 그 사람은 결국 죽게 됩니다. 다친 곳이 잘 보이든 보이지 않든 모두 생명에 관계된 중요한 부위이기 때문입니다.

    '인간은 사회적 동물이다'라는 말이 있습니다. 이 말은 단순히 사회구성원들이 서로 도움을 주고받는 정도가 아니라 생사고락을 함께할 수밖에 없는 '공동 운명체'라는 말로 이해해야 합니다. 그러므로 가난한 사람들, 병든 사람들, 억눌린 사람들을 계속 방치한다면 우리 사회는 공멸하게 된다는 것을 알아야 합니다.

우리 사회의 소외된 이들을 돌보는 것은 단순히 자비를 베풀거나 선행하고 봉사하는 그런 차원의 일이 아니라, 나 자신을 포함한 우리 전체의 생존을 위해 중요하고도 필수적인 일입니다. 우리의 현재와 미래를 살리도록 협력해야 합니다. 어려운 일이 아닙니다. 그들이 그들의 길을 잘 갈 수 있도록 등불 하나 비춰주는 일입니다.

자유로운 사람

* * * *

'공소시효'라는 법률 용어가 있습니다. 범죄를 저지른 후 일정한 기간이 지나면 검사의 공소권이 없어져 그 범죄에 대해서는 공소를 제기할 수 없는 제도입니다. 과연 공소시효가 지난다고 해서 그 범인은 자유로울 수 있을까요? 어떤 방식으로든 죄를 씻지 않으면 누구든 자유로울 수 없습니다.

우리의 자유를 구속하는 것들은 죄 말고도 여러 가지가 있습니다. 분노하는 사람은 자유롭지 못합니다. 욕심이 많은 사람은 자유롭지 못합니다. 나태한 사람도 자유롭지 못합니다. 나태와 자유는 다릅니다. 고집을 부리는 사람도 편견에 갇혀 있는 사람입니다. 거짓을 행하는 사람은 스스로를 얽매는 꾀 많은 바보입니다.

진실하고 성실한 사람은 어떤 처지에서든 떳떳하고 자유롭습니다. 양심 앞에 부끄러운 것이 없기 때문입니다. 개방적인 사람도 자유롭습니다. 이런 사람들은 편견에 사로잡히지 않고 사람과 사물에 대해서 긍정적인 사고를 합니다. 또, 용서하는 사람은 자유롭습니다. 미움과 원한, 분노에 사로잡히지 않고 늘 새로운 사람을 만나는 사람입니다.

여러분은 지금 자유롭습니까? 자유는 우리가 불편해하는 것들을 태워버릴 수 있으며, 우리가 마음에 들어하는 좋은 곳으로 뿌리를 뻗어나가게 합니다.

삶에 필요한 힘

* * * *

우리 많은 학부모들이 권력과 금력에 대한 그릇된 욕심 때문에 자녀 교육을 망치고 있다는 생각이 듭니다. 그 여파로 우리 사회는 약육강식의 풍조가 팽배하고, 낙오자는 극단적 선택까지 합니다. 교육부의 주요 고객은 학생들이 아니라 그들의 학부모들일 거라는 생각도 듭니다.

마음씀씀이가 너그럽지 못한 사람일수록 '완장'을 차게 되면 쥐꼬리만 한 권력이라도 행사하려 한다지요. 권력을 추구하는 욕심은 사회를 추하게 만듭니다. 권력 지향적인 사회의 강자는 잔인하고 비정한 사냥꾼이 되며, 약자는 비겁하게 확신도 없는 요행을 구걸해야 합니다. 성취 지향적인 사람의 사회적 긴장은 부드러울 줄 모르며 남을 축복할 줄도 모릅니다.

그렇다면 힘, 건강, 지식, 돈, 권력…… 이 모든 것들이 다른 것들을 위함이 아니라 사랑과 평화를 위한 도구임을 자녀들에게 잘 교육해야 합니다. 이 사회에서 중요하게 여길 것이 군림하는 힘이 아니라 사랑의 힘, 진리를 섬기는 힘일 때 사회에 물과 공기와 햇빛이 차고 넘친다는 사실도 가르쳐야 합니다. 많은 이들이 삶의 여정에 있어 꼭 알아야 할 것들을 가벼이 여기고 있는 것 같아 안타깝습니다.

깨닫기

*****

깨닫는 일은 우리 내면의 의식을 깨우는 작업입니다. 겉모습을 단정하게 하거나, 예쁘게 치장하거나, 눈을 부릅뜨고 앉아 있는 그런 상태가 아닙니다. 자신을 거울에 비추어보는 것이 아니라, 진실에 비추어 들여다보고, 자신의 나약함과 허황됨과 교만함을 인정하고 그것을 실제로 고치고 변화하게 하고 겸손을 유지하기 위해 부단히 애쓰는 것입니다. 그러면서도 늘 부족하고, 끝이 있는 세상의 모든 존재들에 대해 연민의 정을 갖는 일입니다.

깨닫는 것과 아는 것은 다릅니다. 머리로 아는 것과 마음으로 아는 것은 다릅니다. 마음으로 아는 것을 우리는 깨달음이라 합니다. 인생에서 아주 중요한 것들은 보통, 눈에 보이지 않습니다. 사랑과 평화 그리고 진실, 이런 것들은 머리로 아는 것이 아니라 마음으로 깨닫고 마주보는 것들입니다.

깨어 있기

* * * *

깨어 있는 사람은 늘 두 가지를 느끼며 살아갑니다. 내가 지금 살아 있다는 놀라움의 경이를 늘 자각하고, 그리고 언젠가는 죽는다는 엄연함을 숭고하게 받아들입니다. 이렇게 살아 있다는 것이 기적과 같은 일이라는 것을 생각하고, 건강과 목숨은 마냥 유지되는 것이 아니라 결국은 죽게 된다는 것을 생각하면 오늘을 정말로 알차게 살아갈 수밖에 없습니다. 나태하지 않고 더 부지런하게 시간을 씁니다. 사람을 덜 미워하고 더 용서합니다. 건성건성 사랑하지 않고 정성껏 사랑하게 됩니다.

누구에게나 똑같은 하루가 주어집니다. 깨어 있지 않은 사람의 하루는 '오늘은 무슨 일을 했고, 무엇을 알았다. 어떤 정보를 얻었다. 그래서 무척 바빴다'는 식으로 요약될 것입니다.

반면 깨어 있는 사람은 '오늘은 누구를 만났고, 그를 더 깊이 이해하게 되었다. 내가 얼마나 많은 사람을 사랑할 수 있을까? 내가 사랑할 수 있는 날들이 얼마나 남은 것일까?' 이런 생각들을 일기에 적으려 할 것입니다.

우리는 서로를 원합니다

* * * * *

우리는 육체와 영혼을 가진 존재입니다. 육체와 영혼은 모두 중요한 것입니다. 어느 한쪽이 너무 강조되면 문제가 생깁니다. 제가보기에 우리가 사는 세상은 아직 영육靈肉 간의 조화가 덜 된, 육적인 것에 치우친 세상이라고 생각됩니다.

가난한 사람들은 영양실조이고, 부자들은 영양과다입니다. 배고파서 죽는 사람이 많고, 너무 먹어서 생긴 병으로 죽는 사람은 더많습니다. 그런가 하면 영적인 빈곤으로 삶의 의욕을 잃어버려 자살을 택하는 잘사는 나라 사람들의 소식을 신문에서 읽습니다.

과연 이 문제는 해결되기 힘든 것일까요? 육체적 빈곤에 처해 있는 사람들에게 가장 시급한 것은 먹어야 하는 문제입니다. 그러기 위해서는 어쩔 수 없이 가진 사람들의 희생과 나눔이 필요할 것인데 이는 용기를 필요로 합니다. 가진 사람들이 없는 사람들에게 자기 것을 나누어줄 때, 가진 사람들은 사랑을 베푸는 체험을 통해 영적인 빈곤에서 벗어납니다. 없는 사람들은 그 나눔의 혜택을 받음으로써 육체적인 배고픔과 영적인 박탈감을 동시에 해소할 수 있습니다.

　'나눔'이야말로 영육 간의 조화를 돕고 또 우리 내면의 불안을 풍성함으로 바꿔주는 아주 훌륭한 해결책이 아닌가 싶습니다. 용기 내어 어려운 사람을 반겨주기 바랍니다.

나뭇잎이 미련 없이 떨어지듯

* * * * *

셰익스피어의 소네트에서 '시간'은 거대한 낫을 휘두르는 '죽음의 신'의 모습으로 묘사되곤 합니다.

어떤 이는 '죽음'이란 갑자기 찾아오는 것, 순서를 모르는 것이라고 하면서 그것은 마치 평화로이 헤엄치는 오리떼에게 무작위로 발사되는 포수의 총알 같은 것이라고 말하기도 했습니다.

어느 신전의 기둥에는 칼 야스퍼스의 시가 쓰여 있답니다.

나는 왔구나, 온 곳도 모르면서.

나는 있구나, 누군지도 모르면서.

나는 죽으리라, 때도 모르면서.

나는 떠나리라, 갈 곳도 모르면서.

나뭇잎이 지는 계절에 힘없이 떨어지는 나뭇잎을 보면서 저는 이렇게 적었습니다.

'나뭇잎은 이렇게 미련 없이 떨어지는구나. 그리고 떨어진 나뭇잎이 가지에 붙어 있는 나뭇잎보다 더 많구나. 지금 살아 있는 우리보다 먼저 돌아가신 분들이 훨씬 더 많겠구나. 저세상이 여기보다 더 큰 세상이겠다. 죽음은 우리가 가야 할 곳으로 걸어가는 지극히 자연스러운 일이다. 고요한 일이다.'

남모르게

* * * *

요즘의 많은 사람들이 세련된 라이프 스타일이라며 내세우는 것들의 대부분은 이기주의적 사고방식입니다. 언제부턴가 중요한 개념으로 자리잡게 된 개인주의는 이기주의와 별반 다르게 느껴지지 않습니다. 공동체 의식이 거의 사라지고 개인의 이익과 명예를 우선시하는 것이 자연스러운 일이 되었습니다.

그러나 모두 자기만을 위한다면 공동체나 공동선이란 존재할 수 없으며 그것이 부재한 사회는 소속감도, 정체성도, 방향성도 없는 혼란스러운 아귀다툼의 장이 될 수밖에 없습니다. 공동체를 이루려면 필수적으로 개인의 자기희생이 필요한데 그 자기희생은 말없이 이루어질 때 더 아름다울 것입니다. 하지만 자기과시를 앞세운 생존경쟁 사회에서 말 없는 희생이란 기대하기 참 힘든 일이 되어 버렸습니다.

지금 우리 사회에는 말없이 남모르게 희생하며 공동체를 지키는 사람이 많이 필요합니다.

남모르게 선행하고, 오해를 사더라도 항변하지 않고, 부드러운 미소로 그 일을 계속해내는 그런 사람. 산사태를 막아야 한다고 모두 시끄럽게 자기주장만을 내세우고 있을 때, 산에 올라가서 묵묵히 나무를 심는 그런 사람. 남모르게 선행을 하고 나서, 사람들이 그 일에 놀랄 때 뒤에서 멀찌감치 그것을 바라보며 흐뭇해하는 그런 사람 말입니다.

분명 선을 행한 사람이 있긴 있는데 그게 누구인지 아무도 모르는, 하지만 그 멋진 신호만은 우리 몸으로 절실히 느낄 수 있는 그런 공동체가 우리가 몸담고 사는 세상이었으면 좋겠습니다.

최고의 리더

* * * *

리더의 유형을 다음 세 가지로 생각해봅니다.

첫째는, 미안한 얘기지만 없으면 더 좋을 사람. 도무지 도움이 되지 않는 사람. 참으로 딱한 리더입니다.

둘째는, 그 반대로 카리스마가 있고 능력과 리더십이 뛰어나서 없으면 절대 안 되는 사람. 얼핏 좋은 리더인 것 같지만 더 좋은 점을 찾고 싶어집니다.

셋째는, 본인이 없어도 스스로 잘 살아갈 수 있도록 공동체를 교육하고 깨우쳐주는 리더. 다시 말해 그 리더가 자리에 없더라도 그 사람의 좋은 뜻을 나누며 더 잘 살아갈 수 있도록 공동체를 준비시켜주는 리더. 눈앞에 존재하지 않을지라도 마음속에 계속 살아 있는 리더. 바로 최고의 리더입니다.

자리를 떠나더라도 남아 있는 사람의 리더가 되어야 합니다. 남기는 것은 물질이 아니라 힘이 되는 정신적인 형태라면 좋을 것입니다. 남은 사람들이 힘들지 않게, 남은 사람에게 힘이 되도록 말입니다.

〈동물의 왕국〉이라는 TV프로그램이 있지요. 거기서도 동물의 새끼들이 어느 정도 자라면 자연스럽게 제 어미를 떠납니다. 그렇게 떠나 전혀 다른 세계 속에서 혼자의 세계를 꾸려가면서 비로소 성숙해지는 모습을 봅니다. 그에 비해 우리 사람들은 사랑하는 자녀에게 정을 떼지 못하고 모든 것을 다 해주려고 욕심을 앞세우고, 끝까지 함께 있을 거라 여기기만 할 뿐 이별에 대한 준비를 전혀 하지 않습니다. 정작 이별이 닥쳐오면 난리를 치며 성숙하지 못하게 헤어지곤 합니다.

우리 삶에 있어 이별은 작은 죽음이고, 죽음은 큰 이별입니다.

남을 통해 나를 사랑하기

* * * * *

흔히 자신이 자신을 챙기는 모습은 별로 아름답지 않지만 남을 챙겨주는 모습은 그게 어떤 일이더라도 아름답기 마련입니다. 그런데, 아름답지 못하게도 우리는 자신만 챙기면서 살아갑니다.

남을 챙기면 그것이 결국 자신에게 되돌아온다는 순리를 알아야 합니다. 자기 자신에게 해주고 싶은 것을 남에게 해주면 결국 남을 통해서 그것이 나에게 돌아온다는 얘기지요.

자신을 챙기고 싶으면 남을 챙기는 것이 지혜로운 일입니다. 직

접적으로 자신을 사랑하지 말고 남을 통해서 자신을 사랑하며 살아갔으면 좋겠습니다.

자신을 알고 자신을 사랑하게 되는 것, 이것은 참으로 기쁘고 행복한 일입니다. 단, 자신을 제대로 알아야 합니다. 부단히 공부하는 나는 달라질 것이고, 많은 사람들을 이해하려고 애쓰는 것만으로 나는 나를 사랑하게 됩니다.

그 사람이 되어보는 것만으로도 세계는 확장됩니다. 그 확장을 통해 성장하고 있는 나 자신을 잘 끌어안을 수 있으면 좋겠습니다.

너그러움

* * * *

어떻게든 경쟁에서 이겨야 하고, 자기 이익을 칼같이 챙기는 이
시대를 살면서 너그러운 마음을 가지고 베풀며 살기란 쉬운 일이
아닙니다. 너그러움과 베풂은 좀처럼 어렵지만, 그 일은 자신을 위
해서나 상대방을 위해서나 참으로 좋은 것임이 분명합니다. 너그
러울 때 자신은 마음에 평화를 누립니다. 상대방이 미움과 증오의
칼날을 들이대도 마냥 평화롭기만 합니다. 그뿐 아니라, 미움과 증
오의 칼날을 들이대던 그 사람도 너그러움 앞에서는 본래의 선한
사람으로 돌아가기도 합니다.

너그러움은 넓은 마음입니다. 인생이라는 유리병 속에 들어 있는 삶과 죽음의 진실을 꿰뚫어 알고, 착한 사람과 악한 사람이 백지 한 장 차이라는 것도 깨닫고 있으며, 미움과 증오를 갖고 사는 사람의 마음이 얼마나 괴로운 줄 알고 있는, 그 모두를 헤아리는 넓은 마음입니다.

저는 바다를 좋아합니다. 바다 앞에 섰을 때 가슴이 일렁이는 기분도, 마음이 씻기는 기분도 좋아합니다. 부디 우리 모두의 마음이 바다 같은 마음이 되었으면 좋겠습니다. 바다는 돌을 던져도 칼을 던져도 더러운 물이 섞여도 마냥 넓습니다.

변화에 필요한 것

* * * * *

한 미술 비평가는 혹평가로 유명했습니다. 그는 눈이 나빴습니다. 어느 날 그가 한 전시회에 갔는데 깜빡 안경을 집에 두고 왔습니다. 그는 늘 하던 대로 어떤 그림 앞에 서서 사람들 들으라고 혹평을 하기 시작했습니다. "무슨 초상화가 이따위람? 구도도 엉망이고 색깔도 엉망이군." 그때 곁에 있던 그의 부인이 당황하며 속삭였습니다. "여보, 그만해요. 지금 당신 앞에 있는 것은 그림이 아니고 거울이에요."

남을 비판하면 자신의 권위가 서는 것이라고 생각하기 쉽습니다.

권위 있는 사람은 여유도 있습니다. 그래서 다른 사람을 이해하고 포용하지, 경박하게 굴지 않습니다. 남을 비판하기는 쉽습니다. 그럴 때는 차라리 입을 열지 않는 것이 좋겠습니다. 일단 입을 열면 그 세 치 혀의 전모라는 것이 참으로 흉하기 이를 데 없습니다. 끊어낼 수도, 잡아 없앨 수도 없기 때문입니다.

우리는 보통 자기에게는 관대하고 남에게는 엄격합니다. 우리는 반대로 자기에게는 엄격하고 남에게는 관대할 필요가 있습니다. 자기에게 자꾸 관대해지다보면 체면이나 부끄러움을 모르는 뻔뻔한 사람이 되어버리기 쉽기 때문입니다.

남에게 엄격하면 자신도 엄격한 심판을 받게 된다는 것, 남에게 관대하면 자신도 관대한 대접을 받게 된다는 것을 알아야 합니다. 남을 위하는 칭찬은 결국 나에게 돌아오고, 남을 살리는 말은 언젠가 나를 살리게 됩니다.

남의 단점이 보일 때, 남이 실수했을 때, 우리는 먼저 내 단점을 꺼내보고 내 실수를 기억하면서 나를 용서했던 것처럼 그 사람을 용서해야 합니다.

지금 누구와의 팽팽한 기운 때문에 마음이 불편하다면, 그 사람 앞에 가서 먼저 나의 부족함을 털어놓고 인정하는 것이 그 사람을 변화시키는 최선의 방법입니다.

내가 변할 때까지 그 사람은 절대로 변하지 않을 것입니다.

단식은 영혼의 건강

* * * * *

언젠가부터 단식이 유행입니다. 육체의 건강을 위해서 일 년에 열흘 정도, 하루 열여섯 시간씩의 단식을 하는 것이 좋다고들 합니다. 그러나 단식은 육체의 건강을 위한 것이 아니라 영혼의 건강을 위한 것이라 말할 수 있습니다.

신체적인 고통은 감정을 예민하게 만들어줍니다. 그 상태를 유지하면 할수록 영혼의 문을 두드려 영혼을 고양시키게 됩니다. 바로 이 모든 과정의 고리를 받아들이는 일이 단식입니다.

단식은 영혼의 건강을 위해서 육체의 욕망을 다스리는 아주 좋은 훈련입니다. 또한, 단식은 정신이 맑게 깨어 있도록 도와줍니다. 그리고 단식은 우리로 하여금 이웃의 아픔과 배고픔에 동참할 수 있는 동기도 부여해줍니다.

한마디로 단식은 사랑을 온전히 실천하기 위해 영혼을 건강하게 만드는 훈련입니다. 단식은 자기의 뜻을 관철하기 위한 무기도 아니고, 이기적인 자기 육체 건강만을 위해서 행하기에도 어울리지 않는 일입니다.

자기 성취와 수행을 위한 육체적인 단식이 자주 거론됩니다. 그러나 사실은 마음의 단식이 더 중요합니다. 마음의 단식이란 사랑의 개념과 정반대에 있는 욕심과 분심들을 제거하는 일이며, 흔들리지 않는 마음을 갖는 일입니다.

미련한 집단 의식

* * * * *

많은 사람이 하는 것을 그대로 따라 하는 것은 어리석은 일입니다. 어려서는 남을 흉내내면서 성장해가지만 어느 시점이 되면 주체적으로 삶을 살기 시작해야 합니다. 내 인생은 나의 것이고, 단한 번뿐인 소중한 것이기 때문입니다. 그러나 우리는 그것을 잘 알면서도 대중의 유행을 무비판적으로 따르며 살아갑니다. 또 무엇때문인지 의도를 드러내려는 욕망이 강한 집단과 무리에 속하려는심리도 강합니다.

사회학자들이 현대사회를 사는 사람들은 자살을 향해 행진하고 있다고 경고하고 있건만, 우리 현대인은 대중심리 속에 파묻혀 그 자살 행진에 동참합니다. 평화를 지키며 가만히 잘 있는 자연을 파괴하거나 오염시키고, 누구를 위하겠다는 것인지 모를 위력적인 살상 무기를 계속 만들어내며, 경제시대의 생존법칙인 양 누구나 도구가 되어 살고 있으니 그 외줄을 타며 사는 것 같은 스트레스에서 벗어날 길이 없습니다. 살려고 몸부림치는 것 같지만 실상은 자신을 해치며 죽음으로 몰아가고 있습니다.

  스스로 똑똑하다는 사람들도 대중화되는 순간, 의외로 미련한 집단이 됩니다.

돌아오는 평화

*＊＊＊＊

평화를 베풀면 그 평화가 나에게 돌아와 스며듭니다. 그러나 우리는 남에게 쉽게 베풀지 못합니다. 어쩐지 나만 손해보는 것 같고, 오히려 어떤 경우에는 베풀었지만 알아주는 것 같지도 않게 잊히고, 억울하게 배신당하고, 베푼 만큼 상처받기도 합니다.

받는 사람은 받는 것에만 익숙한지 더 받겠다고 나섭니다. 그러니 이런저런 복잡한 마음이 되어버리는 이유로 베풀기가 두렵습니다.

걱정하지 말고 그냥 베풀었으면 좋겠습니다.

남에게 베풀 때 기대를 걸지 않아야 평화로울 수 있습니다. 베풀었으면 그 평화만으로 그만입니다. 내가 베풀었다는 그 사실마저 까맣게 잊어야 합니다. 그리고 또다른 베풀 곳을 찾아 마음의 이사를 떠나는 것입니다.

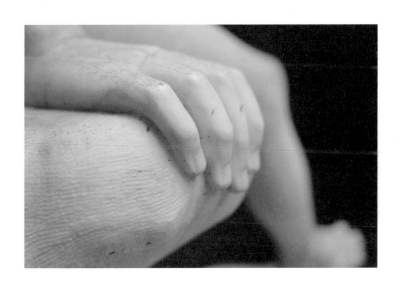

아주 늦기 전에

* * * *

갑자기 누군가 죽으면 그 유가족들이 너무나 서럽게 슬퍼하는 모습들을 봅니다. 그 슬픔의 가장 큰 까닭은 무엇일까요. 당장은 갑작스런 죽음이 너무 황망하여 그렇게 슬퍼하는 것이겠지만, 슬픔의 제일 큰 이유는 바로 살아 있을 때 '사랑한다'는 그 말 한마디를 제대로 하지 못했기 때문일 것입니다.

사랑은 눈빛 하나에도 충분한 감정을 담고 있어 무엇보다 빠르고 정확하게 전달됩니다. 눈빛을 가지고 있지 않은 사람은 세상에 없습니다. 그 눈빛은 사랑을 포함한 모든 감정을 품고 있습니다.

우리가 지금 바로 옆에 함께 있는 사람에게 '사랑과 용서'를 나누지 못한다면, 결국 우리는 다시 오지 않을 그 기회를 뼈아프게 아쉬워하며 사랑하는 사람의 무덤이나 단장해야 할지도 모릅니다. 절대 사랑한다는 말은 아끼는 것이 아닙니다.

우리는 보통 소설이나 드라마 속의 사랑을 보고 감동할 수는 있어도 지금 바로 내 옆에 있는 아름다운 사람을 알아보지 못합니다. 우리와 우리 사이에 스며들어 있는 소설보다 더 아름다운 사랑의 사연 속으로 들어가지도 못합니다.

사랑하는 사람의 눈빛을 따르기를 바랍니다.

마음을 잘 알기

* * * * *

진흙탕을 맘 편히 뒹굴 수 있는 곳이 있답니다. 피부에 좋아서 그렇게 한다는데, 저는 피부를 위해서라기보다는 그런 데를 그냥 한번 뒹굴어보고 싶습니다. 늘 씻고 닦고 거울 보고 치장하던 우리 몸을 진흙탕에 던져버리면 기분이 괜찮을 것 같습니다. 발가벗고 큰대자로 땅 위에 누워서 장대 같은 소나기를 맞아보는 기분은 또 어떨까요. 아마도 온갖 인위적인 것을 떠나 자연으로 돌아가는 자유로운 느낌일 것입니다.

온몸에 진흙이 묻었다고 마음에 얼룩이 지는 것이 아니고, 온몸에 소나기를 맞았다고 마음이 젖는 게 아닙니다. 마음의 문제가 참 중요합니다. 마음에서 모든 번뇌가 나오고, 마음에서 모든 번뇌가 사라질 수 있습니다. 마음을 어떻게 먹느냐에 따라서 선한 사람도 되고, 악한 사람도 되며, 행복한 인생도 되고, 불행한 인생도 됩니다. 그런데 마음이란 것이 잘 다스려지는 것이 아닙니다. 평화롭고 선한 마음을 갖고 살기란 좀처럼 쉬운 일이 아닙니다.

내 마음과 친해지는 일은 영 어렵습니다.

이런 가르침이 있습니다. '자기를 해치려는 대상이 하늘 가득 있다면 그것을 다 없앨 수 없지만, 화내는 자기 마음 하나만 없앨 수 있다면 그 모든 것을 없애는 것과 같다. 내가 걷는 땅이 가시로 덮였다고 해서 땅 전체를 가죽으로 덮자면 세상의 가죽이 남아나겠는가? 내가 신는 신발 밑창 하나만 가죽이면 모든 대지를 가죽으로 덮는 것과 다름없다.'

웬만한 안 좋은 상황을 잘 넘기려면 평소 마음을 잘 들여다봐야 합니다. 마음이 작동하는 법을 잘 익혀둬야 두려움과 어려움 앞에서 의연해질 수 있습니다.

마음의 청결

* * * * *

위생 관념이 철저한 시대입니다. 손도 잘 씻고, 소독도 잘하고, 음식도 잘 관리합니다. 그런데 그렇게 노력하는 만큼 마음을 깨끗하게 하기 위해서는 별다른 것을 하지 않는 것 같습니다.

마음은 어디에 있는 것이냐고 묻습니다. 마음이 어디에 있는지는 알겠는데 그 마음을 왜 닦아야 하느냐고 묻습니다. 마음이 움직이고 말하는 걸 들어야 한다는데, 마음이 어떻게 움직이고 말을 하나요, 하고 묻는 이도 있습니다.

마음이 더러워지는 것은 아시는지요. 더러운 마음이 드러나는데도 부끄럼을 모르는 경우는 없으신지요. 우리는 마음을 돌아볼 줄 알아야 합니다. 마음이 얼마나 무뎌지고, 교만해져 있고, 미움과 욕심이 들끓고 있는지 들여다보는 시간을 가져야 합니다. 그다음에는 각성과 용서와 절제로 마음의 때를 씻고, 그다음에는 영적 면역력을 높이는 겸손이라는 비타민을 잘 복용해야 합니다.

마음의 기적

* * * *

군 시절 얘기입니다. 200킬로미터 행군중에 지쳐서 휴식할 때였는데, 대부분의 동료들 수통에 물이 다 떨어졌지만 한 친구는 물을 아껴 마셔서인지 아직 많이 남아 있었습니다. 그 친구는 갈증에 지친 다른 동료들 앞에서 혼자 그 물을 마시기가 미안했는지 선뜻 옆 동료에게 그 수통을 건넸습니다. 동료들이 고마워하며 그 물을 돌려가며 마셨는데, 열 명이 넘게 마시고 제 차례가 왔을 때 물은 아직 목직하게 남아 있었습니다. 수통의 기적이었습니다.

저는 그것을 마음의 기적이라고 새겨두고 있습니다.

우리들은 보통 머리로 계산하고 눈에 보이는 사항으로 미리 결론을 내려버리는데, 보이지 않는 따뜻한 마음에서 기적이라는 것은 시작됩니다. 절대 머리로는 기적을 이룰 수 없지만 마음으로는 기적을 이룰 수 있습니다.

마음의 길

*****

   많은 사람들이 "어느 길로 가야 합니까?" 하고 역술가를 찾는가 봅니다. 이 물음에 누군가는 "이달 안에 동쪽으로 가면 귀인을 만날 거다"라고 답합니다. 또 "지금 하는 일도 좋지만 다른 일을 곧 잡게 될 거다"라고 말합니다.

   힘든 일이 생기면 우리 인간은 생각보다 심하게 나약해지고 어리석어지나봅니다. 그러나 우리 인간의 그 다양하고도 변화무쌍한 인생사를 64괘卦로 흔들고 꿰맞추어 설명하고 예언하는 것은 불가능한 일입니다.

'나'는 하나가 아닙니다. 내 안에 여럿이 존재하고 내 앞길에 여러 확률이 존재합니다. 마음으로 집을 짓기도 하고 허물 수도 있습니다. 자신감으로 불가능한 일들을 가능하게 만들 수도 있다는 이야기입니다.

그러기에 우리는 나 하나 간수하는 일이 쉽지가 않습니다. 우리는 오늘도 길을 걸을 것이고, 인생 전체를 통해서 어떤 길을 찾을 것입니다. 과연 우리는 어디에 이르는 길을 걷고 있습니까? 어디에 이르는 길을 찾고 있습니까? 돈입니까. 명예입니까. 행복입니까. 절망입니까. 죽음입니까. 그 어느 하나로도 답변이 될 수 없습니다. 그렇다면 우리가 향해 가는 이 길의 끝은 어디인지요.

진정한 길이란 마음의 길입니다. 마음의 길은 바닷길 같아서 어디로든 갈 수 있습니다. 우리가 욕심과 미움이 가득차 있는 마음을 갖고 산다면 고통과 번뇌의 섬에 다다를 것이고, 우리가 사랑과 용서의 마음을 갖고 산다면 작은 섬에 평화로이 지어진 집 한 채에 도착해 있을 것입니다. 그리고 그 집 앞에 섰을 때 대문은 저절로 열리게 될 것입니다.

무엇보다도 평화

* * * * *

여러분은 지금 평화로운가요? 평화롭지 않다면 과연 무엇 때문인가요? 그 이유는 마음 안에 있습니다. 각자의 마음을 잘 들여다보십시오. 마음 안에 좀처럼 사라지지 않고 지워지지 않는 그 무엇이 있습니다. 그것은 지금껏 가져온 것들을 잃어버리지 않을까 하는 불안감, 상처받지 않으려는 자존심, 조금 더 소유하려는 욕심, 조금 더 인정받으려는 욕망 같은 것들입니다.

또 혼자 있어 보려 하지 않고 사람들 틈에 있겠다는 심리입니다. 혼자 30분, 1시간 이상을 지내본 적이 언제였던가요.

빈손으로 왔다가 빈손으로 가는 것이 인생입니다. 지금 가진 것을 사랑하기 위해 쓰기에도 시간이 부족할지도 모릅니다. 내가 자존심을 세우고 힘겨루기하고 있는 그 사람이 내가 사랑할 마지막 사람인지도 모릅니다.

사랑해야 할 대상과 사랑해야 할 사람이 우리에게 평화를 가져다줍니다.

인생의 만남

* * * *

 뜻하지 않은 기회에 찾아온 어떤 만남이 우리 인생의 색깔을 바꾸는 경우, 있습니다. 일말의 기대도 없었는데 우연히 내 앞에 나타나서는 내 인생의 뿌리까지 적셔줄 것만 같은 사람, 있습니다.

 입장을 바꾸어, 나 역시 누군가에게 그런 사람일까 하는 질문을 나 스스로에게 던지게 됩니다. 그리고 내가 나의 사랑으로 그 사람을 물들이고 변화시키겠다고 마음을 먹지만 그 진심이 잘 전달되지 않는 게 인간사입니다.

그래도 우리는 누군가를 기다립니다. 그 기다림은 언제나, 또 영원합니다. 우리는 나 혼자만의 힘으로는 절대 안 될 것 같은 일들이 우리 앞에 가로막혀 있다는 것을 알기 때문입니다.

여러분은 사랑하는 사람과의 첫 만남을 기억하고 계십니까? 그날, 그 시간, 입었던 옷, 표정과 느낌을 기억하십니까? 그때 분명 뭔가가 시작될 것만 같았던 기류를 떠올려본다면 우리 인생이 살 만하다는 것을 분명히, 선명히 알게 해줍니다.

여러분에게 오늘도 어떤 만남이 다가올지 모릅니다. 그저 그렇게 끝날 것 같은 여러분의 인생을 송두리째 바꾸어놓을 사람과의 만남일지 모릅니다.

인생의 말

* * * *

말은 공중으로 사라지는 것이 아니라 퍼진다는 의미에서 전파성이 있고, 열매를 맺는 생산성이 있으며, 오랫동안 살아 숨쉬는 지속성이 있습니다. 그래서 아주 오래전 내 귀와 마음에 닿았던 누군가의 짧은 말 한마디가 지금 내 마음에 뿌리내려 열매 맺고 나를 변화시키고 내 인생의 좌우명이 될 수 있는 것입니다.

아름다운 마음이 묻어나온 말은 평화로움을 만들고, 이기심이 묻어나온 말은 혼돈과 미움과 상처를 만들어냅니다. 오늘 하루 우리가 뿌리게 될 말의 씨는 어디로 날아가 누구의 마음 밭에서 어떤 열매를 맺게 될까요?

부디 우리 입에서 나오는 말들이 다정한 말이 되고, 위로의 말이 되고, 남을 판단하지 않으면서도 세상에 정의를 세우는, 그런 말들이 되었으면 좋겠습니다.

무관심이라는 죄

* * * *

    우리의 무관심 속에 세상은 점점 더 비참해져갑니다. 독거노인이 돌아가신 지 몇 달이 지나 발견되고, 밝은 대낮에 뺑소니 차량을 본 목격자가 아무도 나타나지 않습니다. 부모는 아이에게 좋은 성적을 요구하지만 그 아이의 입장이 되어보지는 않습니다. 누군가의 고통은 조용히 묻히고, 누군가의 눈물은 나약함으로 치부됩니다. 그래도 함께 살아야 합니다. 누군가 "내가 이렇게 아픕니다"라고 말할 때 냉랭하게 무관심하면 안 됩니다.

이웃에 대해 간섭하지 않는 것이 미덕이라고 생각했지만, 그것이 무관심으로 발전하였고 그 무관심으로 우리 사회는 식을 대로 식어버렸습니다. 별문제 없이, 큰 잘못 없이 세상을 살고 있다는 사람들에게 어떤 잘못을 물을 수 있겠느냐 하겠지만, 충분히 관심을 가질 수 있었는데도 무관심하게 지나쳐버린 것은 큰 잘못이라는 생각입니다. 그러한 잘못은 우리가 인간이라는 명예로운 사실을 갉아먹습니다. 서로 관심을 갖고 함께 살아야 합니다.

역사 속 나의 세대

* * * * *

이 시대는 과연 후대 역사책에 어떻게 기록될까요? 정치를 바로
세운 세대, 경제를 부흥시킨 세대, 교육문화를 쇄신한 세대, 통일
의 발판이 되었던 세대 등 여러 가지를 희망할 수 있겠지만 오늘의
현실에는 혼란스럽고도 절망스러운 일들이 너무 많습니다. 어디에
서 왔고, 어디에 있고, 어디로 가야 하는지 그 방향키를 쥐고 있는
사람이 아무도 없는 듯합니다. 분명 누군가 조타실에 서 있는 듯하
지만 그도 어디를 향해 가는지 모릅니다.

각 세대는 그 세대마다 자기 역할이 있어야 합니다. 그 역할을 충실히 하지 못한 세대는 역사라는 기차에 '무임승차' 했다는 부끄러움으로 가책을 느낄지도 모르겠습니다.

자기 역할은 자기중심을 가지는 것이며 자기가 기준이 되어 어제보다는 나은 오늘과 내일을 사는 것일 겁니다. 역사가 인간이 걸어왔던 길의 기록인 것처럼, 역사는 나 자신이 써나갑니다.

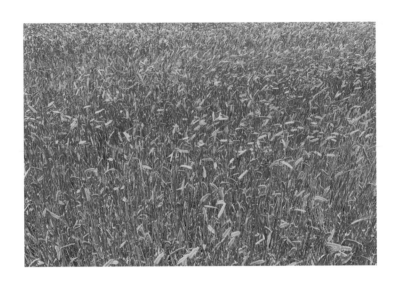

반대의 이유

* ****

보통, 정치하는 사람들은 당 대 당으로 사사건건 부딪칩니다. 어느 한쪽에서 하나의 의견을 내면 다른 쪽에서는 어떤 이유라도 들이대면서 그것을 반대합니다. 이유가 제법 그럴듯해 보이지만, 반대를 위해 반대하는 경우가 많습니다. 상대의 의견이 잘못되어서가 아니라 상대와 맞서기 위함입니다.

진리를 위해 옳고 선한 일을 하고자 하는 사람들을 늘 곡해하고 반대하는 사람들이 있습니다. 특히 자아가 강한 사람과 자의식에 빠져 있는 사람은 세상의 진리를 잘 보지 못합니다. 그런 사람들은 세상이 자기 뜻에 맞게 움직여주기를 바라면서 늘 불만이 많습니다.

　우리는 어떤 일이 내 뜻과 다를 때 그것을 반대하기보다는 나 자신이 잘못되어 있지 않은지 우선적으로, 양심적으로 잘 살펴보아야 합니다. 관대함을 갖추는 것만으로도 영웅입니다.

반대합니다

* * * *

'좋은 게 좋은 거다'라는 말은 절대 좋은 말이 아닙니다. 판단을 흐리게 하는 말이면서 이 말도 저 말도 아닌 말입니다. 생활 속에서 우리는 다수결과 통계를 곧잘 신뢰합니다. 그러나 그런 결정은 조사에서 소외된 사람들이나 자신의 뜻을 반영시키지 못한 사람들에게는 억울한 일입니다. 우리는 그런 이들의 생각을 마음에 둘 줄 알아야 합니다. 반대를 위한 반대가 아니라면 반대는 긍정적인 방향을 향하기 때문입니다.

나와 반대되는 의견을 받을 때 우리는 지나치게 민감하게 감정적으로 대처하는 경우가 많습니다. 또한 나의 이익을 위해서, 상대의 마음을 상하게 할까봐 혹은 무리에서 밀려날까봐 반대해야 할 일 앞에서 반대하지 못하는 경우도 많습니다. 꺾고 넘어야 할 일 앞에서 우리가 비겁해질 필요는 없습니다. 옳지 않은 일입니다.

살아 있는 물고기는 늘 물길을 거슬러 헤엄칩니다. 반대 없는 좋은 일은 없습니다. 반대편에서 의미가 피어납니다. 세상일 속에서 반대하는 이를 마음에 둘 줄도 알고, 때로는 우리 자신도 용감히 반대할 줄 아는 이가 되면 좋겠습니다.

사랑의 법

* * * * *

법은 안전합니까? 법은 우리를 보호합니까?

법은 우리를 구속하고 우리의 기본 권리를 빼앗아갑니까?

법 없이도 사는 세상이 가장 좋은 세상인지도 모르겠습니다.

무심히 법이 하는 일은, 어떤 때는 우리를 구속하기도 하고, 어떤 때는 죄 없는 사람을 죽이기까지 합니다. 법의 존재 이유는 단순히 법의 준수에 있는 것이 아닙니다. 법의 존재 이유는 법의 정신을 계속 점검하여 그 정신을 인간사에 스며들게 하는 데 있습니다. 법은 문자요, 수단에 불과한 것 같지만 그 근본은 궁극적으로 사랑입니다.

법은 이 세상에 존재하는 모든 것 가운데 사랑이 아닌 것들을 찾아내고 엄정하게 심판합니다.

　법의 정신인 사랑을 잊지 않고 잘 구현하기 위해서는, 다양한 환경과 경우를 헤아려 융통성을 발휘할 줄 아는 법이 되어야 합니다. 사람들 스스로의 기준을 끌어올리고, 사람들 스스로를 조절할 줄 알게 하는 능력이 바로 법일 테니 말입니다.

베푼다는 생각

*****

사람을 네 가지 유형으로 분류해보았습니다. 첫번째는 꼭 이익을 챙기는 사람으로, 남에게는 손해를 끼칩니다. 두번째는 손해도 이익도 보려고 하지 않는 사람으로서 '날 건드리지 마!' 유형입니다. 세번째는 진정으로 남을 위해 손해보고 베풀면서 살아가는 사람입니다. 마지막으로 네번째는 늘 손해보며 베풀면서 살아간다고 생각하는 사람인데, 사실은 별로 베푸는 게 없는 사람입니다. 즉, 당연한 것을 하면서도 늘 베푼다고 생각하는 사람입니다.

언젠가 동해에 가서 생물 오징어를 사는데 만 원에 열 마리였습니다. 그 당시 오징어가 풍어였기에 저는 아주머니에게 한 마리 더 달라고 졸랐습니다. 그때 아주머니가 "아이고, 아저씨 너무하시네. 내가 십만 원 줄 테니 바다에 헤엄쳐나가서 오징어 열한 마리 잡아 와보실라우?"라고 말씀하신 기억이 납니다. 사실 보통 사람인 우리가 오징어를 열한 마리 잡으려 한다면 만 원도 더 듭니다. 돈도 덜 들고 수고도 덜하는 입장에서 열 마리는 고맙기 그지없는 가치입니다.

우리는 이 사회에 속해 살면서 사회로부터 받아 누리는 것이 베푸는 것보다 더 많은지도 모르겠습니다. 누군가의 수고, 누군가의 사랑, 누군가의 부지런함으로 우리도 모르는 사이 편하게 누리는 것들이 엄청납니다. 봉사라고 하는 것들이 어쩌면 당연히 해야 할 일이고, 권리가 아닌 의무인 것처럼 말입니다.

여러분은 어떤 유형의 사람입니까. 혹시 네번째 유형은 아니십니까. 부디 우리 삶을 통해서, 우리가 받은 것 모두를 세상에 되돌려주는 삶을 살아갔으면 좋겠습니다. 받을 도움을 받기보다 더 많은 도움을 주고 가는 인생이 되었으면 좋겠습니다.

보이지 않는 것

세상의 앞모습보다 세상의 뒷모습이 진실에 더 가깝습니다.
보이는 것보다 보이지 않는 것이 진실에 가까운 것처럼 말입니다.

미움 속에서 사랑을 보고,
절망 속에서 희망을 찾고,
추함 속에서 아름다움을 보고,
악함 속에서도 선함을 찾을 수 있어야 합니다.

보이는 것 속에서 보이지 않는 것을 볼 줄 알아야 합니다.

귀한 것은 드러나지 않기 때문입니다.

소중한 것은 그만큼 양도 부피도 적기 때문입니다.

그래야 잘 사랑할 수 있고,

더 행복할 수 있으며,

평화로이 이 생과 이별하여 보이지 않는 세상으로 기쁘게,

여행을 떠날 수 있습니다.

언젠가 우리도 보이지 않게 될 것입니다.

보이지 않는 것에 집중하기

* * * * *

일본은 여전히 왕이 존재하고 연호^{年號}를 쓰는 나라입니다. 왕이 바뀌고 새 연호가 시작된 레이와^{令和} 첫날, 그 전날의 공기^{空氣}를 판다는 가게가 있었다고 합니다. 지나간 시대의 보이지 않는 정신과 추억을 소중히 여기자는 행위가 아닌가 싶어 미소 짓게 되었습니다. 이제는 보이지 않는 것에 돈을 지불하는 시대입니다. 보이지 않는 것에 가치를 두는 시대를 살고 있습니다.

보이는 것은 보이지 않는 것을 보게 하는 도구입니다. 보이지 않는 것은 보이는 것의 고향이며 그 지탱 역할을 합니다. 보이는 모든 것은 시간과 함께 그 형체가 사라져가고 있습니다.

건물은 그 안에 '공간'을 만드는 일입니다. 보이는 건물 속의 보이지 않는 공간 말입니다. 건물의 외양보다도 그 공간 안에 자리한 보이지 않는 그 무엇이 더 중요합니다. 겉모습보다 그 사람의 생각이 중요하고, 한 나라의 물질적 풍요보다 그 국민의 정신적 가치와 철학이 더 중요합니다.

사람들은 언젠가부터 선禪. Zen, 명상, 도道 등과 같은 보이지 않는 것에 심취해 있습니다. 눈을 감으면 보이지 않게 됩니다. 그러나 눈을 감으면 나직이 신의 음성이 들리고 우주의 모습이 보입니다. 또한 무모하고 교만하기만 한 나의 부끄러운 모습이 보이고, 내 마음에 그 사람의 말하지 못한 마음도 비칩니다. 눈을 감으면 보이지 않는 더 많은 것이 보입니다.

인생은, 보이는 것들 안에서 보이지 않는 것을 찾는 숨바꼭질과 같은 것입니다.

바람 부는 벌판에 서서

* * * * *

현대 문명은 눈으로 따라가기에 벅찰 정도입니다. 화성까지 날아가 그곳 흙의 성분을 분석하고, 작디작은 유전인자를 들여다보면서 장구한 세월의 진화를 한순간에 분석하기도 하고, 손가락을 쓰지 않고도 뇌파의 힘만으로 컴퓨터에 글을 기록하기도 합니다. 인간의 심리학이 이제는 신神의 심리를 분석하기도 하고, 현대 의학은 종교심을 담당하는 뇌의 한 부분을 찾아냈다고도 합니다. 인간의 학문과 기술과 의학의 발달은 신의 설 자리를 점점 좁히는 듯합니다.

그러나 우리는 노래 가사처럼, 바람 부는 벌판에 서 있으면 외롭고, 솔잎 하나 떨어지면 눈물이 따라 흐르고, 밤과 낮 그 사이 하늘과 외딴곳에 호롱불 오두막이 그립기도 한 존재입니다. 숲속에 어둠이 내리면 어미 잃은 가엾은 작은 새가 걱정되기도 합니다.

사랑과 용서, 그리움과 슬픔, 희망과 믿음을 과학적으로 분석하고 싶지 않습니다. 생명과 죽음의 신비를 벗기고 싶지도 않습니다. 탄생은 기쁜 일이고 죽음은 두려운 일일 뿐, 분석의 대상이 아닙니다.

어려운 일을 두려워하지 않고 견딜 수 있는지, 슬픔의 크기를 작게 할 수 있는지. 우리는 그것이 중요한 오늘을 살고 있을 뿐입니다.

사랑이 설 자리

* * * * *

현대사회의 물질적인 발전을 통해 많은 편리함을 누리면서 우리 삶이 개조되고 있다고 생각합니다. 편리함이 많아지니 고생이 덜하고, 고생이 덜하니 희생도 별로 필요하지 않게 되었습니다. 또한 그 편리함은 사람들의 마음을 무뎌지게 하여, 편리함을 누리고 싶어도 누리지 못하는 사람들을 망각하게끔 만들었습니다. 깨어 있는 소수의 사람들만이 몸이 편리하면 편리할수록 마음에는 불편한 것이 더 많아진다는 사실을 잘 알고 있습니다.

몸이 편해지고 마음이 무뎌지면 사랑은 설 자리가 없습니다. 사랑이 없는 인생은 공기 없음, 그 자체입니다. 우리 삶의 시작 이전에 영원이 있었고, 죽음 이후에 영원이 있을 터인데, 칠팔십 년의 인생이 그저 편리하고 걱정 없기를 바라며 그 짧은 인생을 내 위주의 것들로 채우기만 합니다. 그러나 조금은 불편하고 거북하더라도 그것을 감수하며 사랑을 살 줄 아는 인생만이 허무를 넘어 의미로, 유한을 넘어 영원으로, 현실을 넘어 신비로 확장될 수 있는 것입니다.

안정적인 삶을 사는 자신을 깨뜨린다면 세상이 달라 보일 뿐만 아니라 실제로 그런 시선의 조각들이 모여 세상은 달라집니다. '고통과 죽음 없이 인간의 삶은 완성될 수 없다'는 심리학자 빅터 프랭클의 말은 우리가 다르게 살아야 한다는 사실을 일깨워줍니다.

비교하는 마음

* * * * *

우리 인간은 주어진 것에 만족하지 못하고 늘 남과 비교하며 스스로 불행하다고 생각하는 어리석은 존재이기도 합니다.

그런 우리 인간은 남이 슬퍼할 때 함께하기보다, 남이 기뻐할 때 함께하기를 더 힘들어하는 고약한 심보를 가지고 있기도 합니다. 그래서 잘나가던 사람이 더 잘될 때는 질투하는 마음이 생길 수도 있겠지만, 그렇게 되지 않을 것만 같은 사람이 어쩌다 잘되는 것을 볼 때, 그때만큼은 질투하는 마음이 생기지 않았으면 좋겠습니다.

세상을 혼자 살아간다면 더 좋은 집도, 더 맛난 음식도, 더 잘 입는 일도 필요 없을 것입니다. 그러나 인간은 어쩔 수 없이 사람들과 나란히 살면서 경쟁과 갈등 속에 상생相生해나가는 존재입니다. 그런 우리에게 비교하는 마음만 없어진다면 아마도 많은 괴로움이 사라질 것입니다.

부디 나보다 더 잘되는 사람들을 질투하느라 마음고생하며 살 것이 아니라, 나보다 못한 사람들을 걱정하고 감싸면서 주어진 것에 만족하고 나눌 수 있는 우리가 되었으면 좋겠습니다.

부족하더라도 감사하기, 그것은 큰일이 아니며 그것만이 자신의 존엄을 지키는 방식입니다.

물통 같은 존재들

* * * *

    차 뒷좌석에 물통을 싣고 여행을 떠난다고 가정해봅시다. 물통에 물이 가득하면 물통은 그 무게로 안정감이 생겨 쏟아질 염려가 적습니다. 물통이 아예 비어 있다면 쏟아질 물이 없으니 염려가 없겠지만, 물통에 물이 조금만 차 있다면 출렁거리다 물통이 기울어 쏟아질 염려가 많습니다.

    마찬가지 이치로 우리가 세상을 살면서 모든 것을 다 할 수 있다면 마음이 평화로울 것입니다. 또한 모든 것을 다 할 수 없다면 그것도 평화로울 것입니다. 그러나 조금은 할 수 있을 것 같고, 더 많이 할 수도 있을 거라고 착각할 때 불안은 시작됩니다.

강이 물의 흐름을 이길 수 없습니다. 강줄기를 만드는 것도 물의 힘이지 않습니까. 우리는 그저 물이 조금 차 있는 물통 같은 존재들입니다. 평화를 얻기 위해서 차라리 비우는 쪽이 빠르고 쉬울 텐데, 왜 그것을 굳이 채우겠다고 번민하는지 모르겠습니다.

노자의 "물처럼 살라"는 말을 저만의 방식으로 이해한다면 "욕망도 욕심도 내려놓고 평화가 길을 내주는 대로 흐르며 살라"가 아닐까 싶습니다.

빛과 소금

* * * * *

착한 행실은 빛을 닮았습니다. 누군가 착한 일을 하면 그 자리는 이전과 다른 분위기로 밝아집니다. 그러나 착한 행실은 어느 정도 나의 희생을 요구합니다. 빛을 내려면 무엇인가 타서 없어져야 하듯이 말입니다. 남을 위해 나의 시간을 내놓고 정성을 차려놓을 때 그것을 우리는 착한 행동이라 합니다. 내 것을 내 것대로 챙기면서 착한 일을 한다는 건 불가능한 일입니다.

소금은 방부제입니다. 소금을 치면 음식물이 쉽게 썩지 않습니다. 소금이란 방부제는 거짓으로부터 진실을 보호하는 역할을 합니다. 물론 묘하게 거짓으로 포장된 세상에서 진실을 찾아낸다는 건 그리 쉬운 일이 아닙니다. 요즘 세상에 진실을 내세우는 일은, 바로 손해를 의미할 정도이기 때문입니다. 소금이 제 역할을 하기 위해서는 자신이 녹아야 하듯이, 진실한 삶을 살기 위해서는 우리가 충분히 익어야 합니다. 자신의 이익을 포기하고 오해와 외로움을 감수할 줄 안다면 그것은 곧바로 세상에 파도가 되어 좋은 일을 만들고 만듭니다.

세상에서 빛과 소금이 되기 위해서는 손해보는 삶을 살 줄 알아야 합니다. 우리가 진정으로 비움으로써 채워가는 이치를 깨닫고 실천할 때, 나는 이 어둡고 침침한 세상에 화음 하나를 더 보태게 되는 것입니다.

사람 공부

*****

중국의 문화혁명 때 가진 자와 배운 자들은 처형되었습니다. 당시 안경을 쓴 사람들을 무조건 잡아다 인민재판하여 길거리에서 죽이기까지 할 정도였습니다. 단순하게도 안경이 지식과 부의 상징이었던 시대였으니까요. 요즘은 아이들도 안경을 많이 쓰고 다닙니다. 요즘 청소년들은 과거 어느 시대보다 더 많이 공부하고, 더 좋은 약을 먹고, 과학적인 식이요법의 도움을 받아 성장하지만, 그들이 청년이 되었을 때는 못 살던 과거 시대의 청년들보다 더 모르고, 허약하다고 어른들은 아쉬워합니다.

자끄 러끌레르끄는 그의 저서 『무지의 찬양 무보수의 찬양』에서 학문이 인간을 잡아먹는다고 경고하며, 인간은 지식의 노예, 졸업장의 노예, 혹은 계획의 노예, 방법의 노예가 될 위험을 안고 살아간다고 했습니다.

우리 역시도 학문의 노예, 방법의 노예가 되어 살 가능성이 큽니다. 참으로 중요한 것은 백과사전을 이해하거나 외우는 일이 아니라 자연의 풍요로움 속에서 자신을 깨닫는 것이고, 단지 사람에 대해 이야기하는 것이 아니라 사람을 마음으로 만나 좋은 영향을 나누는 것입니다. 그리고 비로소 이 세상에 하나뿐인 자기 자신이 되는 것입니다.

내 사람 만들기

* * * *

우리나라만큼 인맥을 중요시하는 나라도 없을 것입니다. 이 작은 나라에서 지역을 따지고, 출신 학교를 따지고, 희망을 찾아볼 길 없어 보이는 정치판은 자기 당과 계파에 목숨을 겁니다. 사람이 많이 모이는 자리만 있으면 얼굴도장을 찍겠다는 사람들이 줄을 섭니다.

무리 속에서 사람들은 자기 사람을 만드느라 여념이 없습니다. 내 마음대로 할 수 있는 사람을 만들고, 나만 사랑하고 추종하도록 만들려고 합니다. 사람을 소유하고 구속하기도 하고, 어떤 힘에 소속되어 맹신하기를 자처하기도 합니다.

그러나 진정한 '사람 만들기'의 방식이란 진리와 정의를 사랑하도록, 그렇게 꿋꿋하게 살아가도록 이끌어주는 것입니다. 나에게 얽매이지 않게 해주고, 자유롭게 만들어주는 것입니다. 나에게 무엇인가 돌아오기를 바라는 것이 아니라, 그저 주고 또 주어서 한 사람이 좋게 변화되는 것을 보고 기뻐하는 그런 것입니다.

내가 함께 있어준다면 그가 좋아할 수도 있겠지만, 내가 없어도 그가 쓸쓸해하거나 불안해하지 않도록 만들어주는 일입니다.

사랑으로 사람 되기

* * * * *

일상 속에 파묻혀 생기조차 제대로 느끼지도 못하면서 살아가는 우리의 삶은 이대로 괜찮은지 깊이 생각해볼 일입니다.

사랑하지 않고 지나가버린 하루는 의미가 없습니다. 사랑하기로 결심하지 않고 시작한 하루는 허무하게 끝나기 쉽습니다.

사람, 삶, 사랑이라는 우리말이 마치 하나의 말인 것처럼 원류를 같이 한다는 것이 참 신기하게 느껴집니다. '사람'을 한 글자로 줄이면 '삶'이고, 사람의 네모난 부분이 둥글둥글해지면 '사랑'으로 변합니다. 사람이 사람답게 사는 것이 삶이고, 모난 사람이 아닌 둥글둥글한 사람이 사랑을 할 수 있다는 얘기가 아니겠는지요.

이 말을 새기면 새길수록 아름다운 것은, 사람으로 살아가는 이 삶의 바다에 사랑이 없으면 안 된다는 의미를 우리에게 잘 전하고 있어서입니다. 우리는 하루하루 그냥 그렇게 지나가는 시간을, 그렇게 스쳐가는 사람을 꼭 붙잡고 열심히 사랑할 일입니다.

우리에게 생명, 시간, 삶은 모두 사랑을 위한 소모품입니다.

사랑 계수

* * * * *

 재산이 많은 것은 그리 중요한 일이 아닙니다. 그 재산을 얼마나 소중한 가치를 위해 운용하느냐에 비한다면 말입니다. 만일 재산을 많이 모았다면 자신만을 위한 것이 아닌, 자신의 울타리를 더 높게 세우는 데 쓰는 것이 아닌 다른 무엇을 위해 쓸 수 있을 때 우리 모두는 그 숫자보다 빛나는 가치에 더 집중하게 됩니다.

 전체 생계비에서 식비가 차지하는 비율을 엥겔 계수라고 합니다. 그러면 이웃을 위해 정성을 들이는 것 또한 '사랑 계수'라고 할 수 있습니다. 내가 준비한 무엇으로 누군가 기쁘고 행복하고 평화롭다면, 우리는 힘을 얻을 수 있을 것입니다.

누구를 위하는 마음으로부터 우리는 사랑 계수를 높일 뿐만 아니라 사람 자체를 높이는 일을 하게 됩니다. 그렇게 '함께 살아가는 여정'이 결국 이 삶의 축복이라는 사실을 통감하기 위해 우리는 아주 조금이나마 변해야 합니다.

오늘도 축제

* * * * *

우리나라 사람들은 나이 따지는 걸 참 좋아합니다. 싸우다 말고 다짜고짜 "당신 몇 살이야?" 하고 묻습니다. 자기가 가진 골동품이 무척 오래된 것이라며 자랑하기도 합니다. 몇천 년 전의 건축물 앞에서, 몇백 년을 살고 있다는 나무 앞에서 감탄을 금치 못합니다. 이 모든 것이, 영원한 것을 갈망한다는 의지로부터 비롯됩니다.

영원을 산다는 것은 무엇인지요? 끝없는 장수를 말하는 걸까요? 아닙니다. 그것은 과거, 현재, 미래를 나누지 않고 오늘을 충실히 사는 것을 의미합니다. 우리는 긴 인생이라는 선線을 살려 하지 말고, 오늘, 지금이라는 점點을 충실히 사는 사람들이어야 합니다. 영원의 문은 먼 훗날 언젠가 열리는 것이 아니라, 오늘 지금 여기에서 마음을 다해 사랑할 때 열려 있습니다.

육체를 가진 우리에게 죽음이라는 개념은 늘 두렵고 황망한 일입니다. 하지만 영혼을 가진 우리라면 육체로부터, 죽음으로부터 자유로워질 수 있습니다. 영혼은 사랑을 먹고 삽니다. 영혼을 채우는 방법은 바로 사랑을 하는 일입니다. 그러기에 사랑 말고는 죽음이라는 두려움에서 벗어날 수 있는 방법이 없습니다.

새는 나뭇가지가 부러져도 날아갈 날개가 있기에 가냘픈 나뭇가지 위에서도 즐겁게 노래합니다. 우리도 마찬가지입니다. 육체의 죽음 앞에 꿀리지 않는 영혼이라는 날개가 있기에, 오늘도 부러질 것 같은 인생의 나뭇가지 위에서 축제를 살 수 있는 것입니다.

고달픈 얼굴을 타고 흐르는 눈물을 거두고 오늘 여기서 사랑의 축제를 살아야 합니다.

사랑의 잠재력

***** *****

우리 인간은 다른 동물들에 비해 잠재력이 큰 존재입니다. 아기 때는 걷지도 못하고 혼자서는 살아남지도 못하는 약한 동물에 불과하지만, 나중에는 호랑이도 악어도 사냥하고, 공기 없는 우주로 날아갔다 돌아오기도 하는가 하면, 지구를 쓸어버리고도 남을 핵폭탄도 만들어냅니다.

우리 인간은 인격적인 면에서도 변화할 가능성을 크게 가지고 있습니다. 어떤 사람은 악인이 되고, 어떤 사람은 성자聖者가 되고, 건달도 되고 선생도 됩니다. 무엇이든 할 수 있는 날들을 살고 있고, 무엇이든 될 수 있는 잠재력 또한 지녔습니다.

부디 우리 인간이 세상의 파도에 자신을 내맡기고 떠다니는 나약한 부초가 되지 않고, 적극적으로 삶을 바꾸어나가는 깨어 있는 인간이 되었으면 좋겠습니다. 우리에게 내재돼 있는 잠재력이, 자신만의 안위를 위하고 남을 파괴하는 이기적인 것이 아니었으면 합니다. 도저히 용서할 수 없을 것 같은 사람을 포용하고, 절망적인 일들에 희망을 보태며, 세상의 무기들을 소용없게 만드는, 사랑의 잠재력이기를 빌어봅니다.

잠재력의 자유로운 감각은 늘 양지바른 곳을 비춥니다.

마지막 그 순간

* * * *

오늘을 천국처럼 살다가
마지막 그날에 천국을 희망하며 평화롭게 죽는다면,
숨이 멎는 순간의 그 평화가 사진으로 찍혀
영원히 지속되는 것이 아닐까요.

늘 남을 부정적으로 심판하려 하고
안 좋은 일에 손을 대고
어둠 속에서 하루하루를 지옥처럼 살다가

천국을 희망하지 않고 절망 속에 죽는다면,
숨이 멎는 순간의 그 절망이 사진으로 찍혀
영원히 따라다니지는 않을까요.

지옥은 절망하는 사람이 스스로 선택하는 불행이며,
천국은 희망하는 사람에게 선물로 주어지는 영원입니다.

쉽게 살려고 할 때, 행복한가요?

* * * * *

어떤 사람이 양쪽 귀에 물집이 생겼기에 그 이유를 물으니, 다림질하던 중 친구의 전화가 와서 다리미를 전화기인 줄 착각하고 받아서 귀를 데었다 했습니다. 그러면 다른 쪽 귀는 왜 그렇게 되었냐고 물으니, 그 나쁜 놈이 또 전화를 해서 그렇게 되었다나요. 우리 마음 안의 소란을 잘 드러내 보이는 옛날 우스갯소리입니다.

자기 잘못을 인정하는 것보다 책임을 남에게 전가하는 것이 더 쉽고, 대충 사는 것이 정의롭게 살기보다 쉽고, 미워하기가 사랑하기보다 쉽고, 단죄하고 판단하기가 용서하기보다 쉬울지 모르겠습니다.

하지만 분명한 것은 책임을 인정하는 것이 핑계 대며 사는 것보다, 정의롭게 사는 것이 불의하게 사는 것보다, 사랑하며 사는 것이 미워하며 사는 것보다, 용서하며 사는 것이 단죄하며 사는 것보다 몇 배 더 행복하다는 것입니다.

그러나 시들시들해진 화분의 식물도 살리려 애쓰기보다는 내버려두기가 쉽고, 관계에 있어 자잘한 균열이 생겨도 어떤 식으로라도 해결하기보다는 그냥 모른 척 넘기기가 쉽고, 넘어진 누군가를 마주치더라도 괜찮겠지 싶어 그냥 지나쳐버리는, 마음 안의 소란을 그저 지우고 지나가는 우리들입니다.

신비로운 일

* * * *

젊을 때는 멋있고 신기하며 특이한 일들에 관심이 많습니다. 그러기에 잘나고 능력 있는 친구들을 좋아하게도 되고 그들과 함께 신선하고 특별한 일들을 도모해보려고 노력합니다. 그러나 나이가 들수록 잘나고 능력 있는 친구가 아닌 늘 고향의 품 같은 변함없는 정을 가진 친구를 좋아하게 되고, 신기한 일들에 매혹되기보다는 한끼 식사 잘 챙기는 일이 더 중요하다는 것을 알게 됩니다.

기적이나 신기한 일들은 이미 우리 삶 속에 널려 있습니다. 세상에 없던 우리가 지금은 존재하고 있지만 곧 어디론가 사라질 것이란 사실, 지구에 거꾸로 매달려 있으면서도 떨어지지 않는다는 사실, 무거운 지구가 공중에 둥둥 떠 있다는 사실…… 이보다 더한 마술이 어디 있습니까.

이런 신비의 우주에서 신비의 시간을 살고 있는 우리에게 남아 있는 신기한 일이 무엇이 있겠습니까? 그것은 바로 사랑입니다. 넉넉하고도 펄펄 끓는, 은근하면서도 흔들림 없는 사랑입니다. 광활한 우주의 시간, 그 틈, 이 작은 별에서 심장에 해일이 일고 있는 지금, 내가 당신을 사랑한다는 사실은 기적이 아니고 무엇이겠습니까.

아름다운 투쟁

* * * * *

치열한 운동경기가 끝나면 이긴 팀은 환호하고 진 팀은 망연자실합니다. 최선을 다해 승리하지만 정신을 차려보면 상대방은 통한의 눈물을 흘리고 있는 것입니다. 승리의 기쁨 저 뒤편에 패자의 슬픈 얼굴이 마음에 밟히는 것이 운동 경기입니다.

어느 고대 철학자의 말대로 우리 인간은 '투쟁하는 존재'인가봅니다. 가진 자와 못 가진 자가 싸우고, 여자와 남자가, 남과 북이, 비백인과 백인이, 자연과 인간이 갈리어서 서로를 지배하려고 싸웁니다.

우주 안의 모든 존재는 신의 피조물입니다. 단돈 천 원을 벌기 위해 하루종일 일해야 하는 가난한 나라의 수많은 어린이들도, 구제역 때문에 도살되는 수천 마리 돼지들도, 보도블록 사이에서 피어나는 한 송이 작은 민들레도 우리의 존재와 똑같은 신의 피조물입니다. 신이 사랑하는 피조물이라는 이름으로 이 모두는 평등합니다.

그래도 우리가 싸워야 하겠다면, 나만의 생존과 나만의 행복을 위한 '이기적인 투쟁'이 아니라, 모두의 행복을 위하며, 함께 더불어 살아가기 위한 '아름다운 투쟁'을 해야 할 것입니다. 오늘도 죽어가는, 사라져가는 모든 것을 사랑하는 그 마음으로 말입니다.

대니얼 고틀립의 『마음에게 말걸기』에 나오는 말입니다. "평화는 전쟁에서 이겼을 때 찾아오는 것이 아니다. 평화는 전쟁을 끝냈을 때 비로소 조용히 찾아든다."

고된 하루 끝에 평화가 옵니다. 매일 매 순간 평화를 만나시기 바랍니다.

악마의 목소리

* * * * *

악마를 보신 적이 있습니까. 검은 망토를 입고, 머리에는 빨간 뿔이 달리고, 삼지창을 들고 있는 게 악마의 모습일까요. 글쎄요. 오히려 악마는 비단옷을 너풀거리는 아름다운 선녀의 모습일지도, 멋진 양복을 차려입은 신사의 모습일지도 모릅니다. 악마의 모습을 보기는 어렵지만 악마의 목소리는 자주 듣는 것 같습니다. 악마는 우리 마음 안에서 속삭입니다.

"에이, 저 인간 포기해버리자. 쉬운 길로 가자. 살짝 거짓말을 하자. 모함하여 함정에 빠뜨리자. 모두가 다 싫다, 싫어. 눈 딱 감고

한 번만 해보자. 죽어도 용서할 수 없다."

이런 목소리가 바로 악마의 목소리가 아닌가 싶습니다. 악마는 목소리를 통해 우리에게 다가오는데, 그 목소리가 악마의 목소리인지 천사의 목소리인지 구별이 아주 어렵다는 것이 문제입니다. 우리는 그 목소리를 구별하는 훈련을 해야 합니다. 그것을 구별하여 악마의 목소리를 물리치는 단호한 결단력을 기르는 것은 물론, 천사의 목소리를 듣고 따르는 의지력을 길러야 합니다.

악마의 여러 가지 목소리 중에서도 가장 달콤하여 인간을 허망한 길로 이끄는 세 가지 유혹이 있습니다. 그것은 나눌 줄 모르는 욕심, 남을 지배하고 싶은 마음 그리고 자기중심적인 교만. 바로 이 세 가지입니다. 이 유혹에 자주 흔들리는 한, 적어도 우리는 천사가 아닙니다.

인생은 악마의 달콤한 유혹과 싸우는 중입니다.

욕심에 머물기

* * * * *

우리가 우리보다 못한 미물이라고 여기는 짐승들은 자연을 파괴하지 않습니다. 생존에 필요한 만큼만 먹고 소유하지 그 이상은 건드리지 않습니다. 그렇게 보호된 자연은 다시 그 짐승들을 보호해 줍니다. 즉 짐승들은 자연을 보호함으로써 자신을 보호하는 것입니다.

그런데 동물 중에 가장 우월하다고 믿는 인간은 지나친 욕심을 부려 자연을 파괴하면서까지 행복을 추구하는데, 결국 그렇게 파괴된 자연은 인간을 보호할 수 없게 되고 인간을 불행한 일들 속으로 몰아넣게 됩니다. 자연을 파괴함으로써 스스로를 파괴하는 어리석은 존재가 바로 인간입니다.

욕심을 버려야 합니다. 욕심으로 결국 스스로 불행하게 된다는 것을 알아야 합니다. 이것은 생사의 문제입니다. 그런데 더 큰 문제는 욕심 많은 사람은 자신이 욕심이 많다는 사실을 인정하려 하지 않는다는 것입니다.

욕심을 끊기가 어렵다면 그저 욕심에 머물러 있기를 바랍니다.

욕심을 채우려고 하지 말고 욕심에 머무는 것, 그것은 탐욕을 채우려는 본능과 부자가 되어 남에게 부유해 보이고 싶은 열망으로부터 자유로워지는 일입니다. 욕심이 채워지고 실현되면 그 자리에 다른 욕심이 자리하게 될 테니 영원히 지치는 게임을 하겠다 하지 말고 욕심 그 자체에만 머물도록 하십시오.

왜?

* * * * *

살다보면 가끔 이 세상 모든 것이 의심스러워질 때가 있습니다.
어쩌면 그 의심은 우리 인생에서 꼭 '필요한 과정'입니다.

우리는 우리가 세상에서 추구하는 모든 가치와 삶의 방식에 대
해서 의심해보아야 합니다. 왜 먹어야 하는지. 왜 살아야 하는지.
왜 공부해야 하는지. 왜 결혼해야 하는지. 왜 돈을 벌어야 하는지.
왜 늙어야 하는지. 왜 죽어야 하는지……. 우리가 당연하다고 여기
는 모든 것들 속에는 다시 한번 의심의 과정을 거쳐야만 하는 문제
들이 있습니다.

우리는 왜 그것을 해야 하는지, 왜 그렇게 해야 하는지도 모르면서 하루하루를 잘도 보냅니다. 하지만 그 '왜'에 대한 해답을 얻기 위해 정면 대결하지 않고 하루하루를 그런대로 살아간다면, 나의 신이 아닌 남의 신을 섬기고, 사회의 부속품으로 전락하고, 빈껍데기 인생을 사는 결과를 불러올지도 모릅니다.

우리는 의외로 자기도 모르는 신을 섬기고, 왜 사는지도 모르는 인생을 살아가고 있습니다. 그것은 설탕을 녹인 물을 꿀이라 믿고 마시는 것과 다르지 않습니다. 그것은 가짜 명품을 몸에 휘두르고 으스대는 것과 다르지 않습니다.

가끔은 질문하세요. 나는 왜 무엇으로 살고 있는지를. 나는 왜 나로 태어나 이토록 고된 삶의 주인공이 되었는지를.

용서

﹒﹒*﹒*

용서는 정말 어려운 일입니다. 상처 입다못해 난도질을 당한 것만 같은 지난 시간을 생각하면 억울하기도 합니다. 하지만 과거보다 중요한 것이 미래입니다. 자유로운 미래를 위해서, 앞으로 내 마음의 평화를 위해서, 또한 언젠가는 나도 용서받기 위해서 우리는 용서하는 것입니다. 용서는 온전히 나 자신을 위한 것입니다. 용서에 인색할 때 우리는 부표를 하나씩 잃어버리게 되는 겁니다.

도저히 용서가 어려울 때는 이런 것들을 생각해보면 어떨까 싶습니다.

첫째는, 자신이 용서받은 경험입니다. 언젠가 누군가로부터 용서받은 경험을 생각하면 용서하기가 좀 쉬울 것입니다. 용서받은 경험이 많은 사람이 용서가 쉽습니다.

둘째는, 자신이 받은 복이 많다는 것을 생각하기입니다. 받은 것이 이렇게 많으니 그 보답을 용서로써 갚을 수 있는 것입니다.

셋째는, 자기 잘못을 깨닫고 아파하는 것입니다. 잘못 없는 사람은 세상에 없을 테니 자기 잘못이 무엇인지를 알고 그것을 아파하는 사람이 남에게 자비로운 사람이 될 수 있습니다. 자기 잘못을 모르고, 그것을 아파할 줄 모르는 사람은 남에게도 잔인해지기 쉽습니다.

내가 미워하는 사람이 없어도 나를 미워하는 사람은 있을 수 있습니다. 나는 원한이 없어도 나에게 원한이 있는 사람도 생각할 줄 알아야 합니다. 우선은 억울한 일이지만 이것도 바꿔 생각한다면 내가 먼저 할 수 있는 용서입니다. 용서를 미뤄서는 안 됩니다.

용서가 왜 어려운가 하면, 용서하는 사람이 세상에서 제일 강한 사람이기 때문입니다.

용서의 점수

* * * * *

겸손한 사람은, 용서받을 일이 누구보다 많은 사람이 바로 자신
이라는 사실을 인정하는 사람입니다. 그래서 겸손한 사람은 자기
몫의 죄를 생각하여 원수까지도 용서할 수 있게 됩니다. 그러니 남
을 용서하지 않는 사람은 겸손하지 않은 사람이라고도 감히 말할
수 있겠습니다.

나는 용서받길 원하면서 남은 용서할 수 없다면 큰일입니다. 우
리가 용서받는 길은 두 가지입니다. 하나는 선행하는 것이고, 하나

는 나에게 악행을 저지른 사람을 용서하는 것입니다. 물론 선행보다 용서가 더 어려운 일인 것 같습니다.

나에게 잘못한 사람이 먼저 용서를 청할 때 내가 용서해주는 것을 우리는 흔히 용서의 순서라 생각합니다. 그런 용서는 그리 어렵지 않습니다. 어려운 용서는 나에게 잘못한 사람이 끝까지 용서를 청하지 않는 경우입니다. 이럴 때는 내가 먼저 용서하는 일 말고는 다른 방법이 없습니다. 내 쪽에서 그렇게 한다면 그쪽에서 상황을 알고 비로소 용서를 청하게 되는 경우가 있겠지만 다 알면서도 용서를 청하지 않을 수도 있습니다. 물론 이런 용서는 무척 어렵습니다.

축구 경기에 승점제가 있듯이 용서에도 점수를 매긴다면, 내가 잘못한 것에 대해 용서를 구하고 용서받는 것은 승점이 0점입니다. 당연한 일이니까요. 내게 잘못한 사람이 용서를 구할 때 용서해주는 것은 승점 1점입니다. 그런대로 잘한 일입니다. 그러나 내게 잘못한 사람이 용서를 청하지 않을 때 기꺼이 내가 먼저 용서해주는 것은 승점 2점입니다. 제일 어려운 일이니까요.

용서의 점수를 많이 얻을수록 우리는 평화로워집니다.

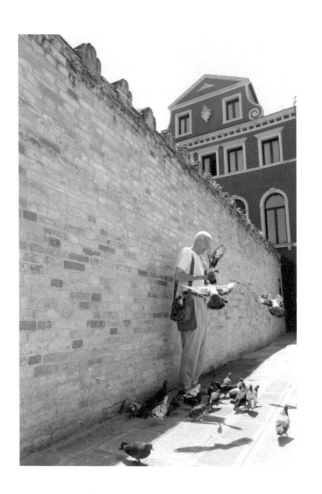

이 별에서 배울 것

* * * * *

수천억 곱하기 수천억 개의 별 중에, 어느 작은 별에 기적처럼 생명을 허락받은 우리. 수십억 년 세월의 도도한 흐름 중에 찰나 같은 순간을 살다 가는 우리 인생. 생각만 해도 벅찹니다. 그런 우리가 깨달아야 할 인생의 진실이 있다면 그것은 놀라운 생명, 두려운 죽음, 그리고 가슴 저린 사랑뿐입니다.

꽃을 피운 민들레가 홀씨 되어 날아가는 그 이별도, 죽음이 기다리는 그곳을 향해 힘차게 뛰어오르는 연어의 몸부림도, 아무도 모르는 장소에 가서 홀로 죽음을 맞이하는 늙은 코끼리의 마지막 눈물도 우리가 이 별에서 배워야 할 진실이고 사랑입니다. 영혼은 사랑을 먹고 삽니다.

그럼에도 우리 인간은 이 소중한 시간과 기회를 살면서도 수많은 거짓을 말하고, 허황된 욕심을 부리며, 자유롭지 못한 일상에 스스로를 가둡니다. 인생이 길다고 생각하고, 깨달음을 내일로 미루고, 사랑해야 할 시간에 미워하고 질투하고, 부질없는 쾌락에 몸과 마음을 내맡기다 준비되지 못한 죽음 앞에서 쩔쩔매곤 합니다.

이 모든 것을, 살기 위한 몸부림이라 한다면 이 몸부림에 언제든 지치고 말 우리 인생은 무엇으로 잘 마감할 수 있을까요. 삶의 몸부림에 우리가 무너지는 일은 참혹합니다. 그 대신 삶에 무너지지 않기 위한 몸부림이 우리 정신을 깨울 수 있다면 좋겠는데 말입니다.

인기 조심

* * * * *

연예인들은 인기가 생명입니다. 인기가 없으면 생계가 흔들리기 때문입니다. 그래서 화장을 하고, 안 되면 위장을 하고, 심지어 실제로 뼈를 깎는 아픔도 감수합니다. 그러나 인기의 마지막은 언제나 허망합니다. 대중은 늘 새로운 것, 더 자극적인 즐거움을 추구하기 때문에 결국은 버림받고 잊히는 경우가 다반사입니다.

우리도 살면서 은연중에 인기를 추구하고 즐기게 됩니다. 인기는 바로 우리가 중요하게 생각하는 '현재'를 닮아 있습니다. 그러나 그 인기를 정말 조심해야 합니다. 칭찬은 질투로 바뀌고, 질투는 비난으로 바뀌게 마련입니다. 인기는 불안정한 형태라 뼈대만 남습니다. 급한 대로 마음을 줄 대상을 찾은 것이기에 오래갈 수 없습니다. 남모르게 조용히 소박하게 살아간다는 생활 철학을 쌓게 된다면 인기보다 더 중요한 것이 평온이라는 사실을 알게 될 겁니다.

햇빛 주무르기

* * * * *

봄이 되면 거무튀튀하고 쭈글쭈글한 벚나무 가지에서 분홍색 벚꽃들이 팝콘처럼 터져나오고, 시간이 조금 지나면 어느새 연두색 새잎들이 아가 손을 벌리고 있습니다. 과연 우리가 막연하게만 알고 있는 그 아름다운 색깔들은 어디서 오는 것일까요?

그것은 햇빛에서 오는 것입니다. 우리가 알고 있듯이 햇빛은 일곱 가지 무지개 색깔을 가지고 있지요. 햇빛을 즐겨 받은 나뭇가지가 그 일곱 색깔을 저장하고 반죽하여 계절별로 작품을 만들어내는 것입니다.

사람도 햇빛을 좋아할 때 일곱 색깔을 마음에 간직하게 되고, 그 색깔들로 온갖 아름다운 일들을 세상에 수놓을 수 있습니다. 무릎 위에 내려앉는 햇빛이란 존재는 하늘을 향해 마음을 열어놓은 사람에게 쏟아지는 사랑의 에너지입니다. 햇빛 부스러기는 사람이 균형을 유지한 채 버틸 수 있게 해주는 믿기 어려운 기적입니다. 우리는 어둠 속에서만은 살 수 없다는 걸 잘 알고 있습니다.

　그렇다면 햇빛은 어디에서 오는 걸까요.

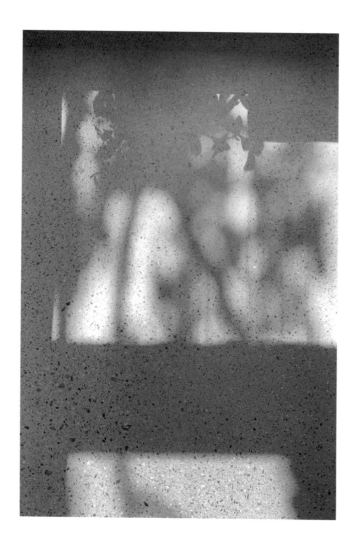

잃어버린 마음 찾기

* * * * *

여러분은 마음으로 사십니까, 머리로 사십니까. 원래의 마음을 상실한 이 시대에 무엇으로 행복과 의미를 찾고 계십니까. 이제 지식은 컴퓨터 안에 다 들어 있습니다. 컴퓨터가 몇 명의 사람을 합쳐 놓은 양보다 아는 것이 더 많습니다. 컴퓨터와 경쟁하시겠습니까. 지식은 전원만 켜면 누구나 얻을 수 있는 것이 되었습니다. 그것도 과도할 정도로 말이지요.

우리가 사는 이 시대에 중요한 것은 지식이 아니라 잃어버린 마음을 찾는 일입니다. 말로 표현할 수 없고, 십진법과 이진법으로 정리할 수 없는, 쓸쓸한 저녁 비 내리면 이유 없이 흐르는 눈물에 담긴 그 마음을 다시 찾아야 합니다. 서툰 날갯짓으로 날아가는 어미 잃은 작은 새가 걱정되고, 무겁게 리어카를 끌고 가던 낯선 할아버지의 굽은 등이 생각나 잠을 이루지 못하는 그 마음을 다시 찾아야 합니다.

인정으로부터 자유롭기

* * * * *

　남자는 자기를 알아주는 이를 위해서 죽는다는 말이 있습니다. 인정을 받고자 하는 것은 우리 인간이 가지고 있는 욕구 중에 아주 큰 욕구입니다. 그런데 우리 사회는 인정받기 위해서 과도한 방법들을 행하고 있습니다. 외모로 인정받기 위해 성형수술을 하거나 제자들의 논문을 가로채서 학위를 따는 학자가 있기도 합니다. 진실에는 거울이 있는 법인데 그 거울 앞에 참으로 부끄러운 모습들입니다.

나를 제대로 인정해주는 사람은 세상 사람들이 아니라 자기 자신뿐임을 알았으면 합니다. 자신의 부족함을, 그 누구보다 잘 알고 있는 자기 자신에게 인정받을 수 있어야 진정으로 인정받는 것입니다. 마음의 거울에 자신을 비춰보라는 말은 이럴 때 필요합니다. 있는 그대로의 평가에 만족하고 과분한 칭찬은 밀어냄으로써 세상의 칭찬과 인정으로부터 더 자유로워져야 할 일입니다. 인정받기 위해 굳이 내면의 곤궁함을 드러낼 필요는 없습니다.

자기 객관화

* * * * *

올바른 예측은 우리를 평화롭게 하지만 잘못된 예측은 불행을 가져다줍니다. 올바른 예측은 '겸손'에서 오고, 잘못된 예측은 '욕심'에서 비롯됩니다. 올바른 예측을 위해서는 진실하고 객관적인 반성을 통한 '자기 객관화'가 필수적입니다.

자기 객관화란 나도 남처럼 생각하고, 남도 나처럼 생각하는 것을 말합니다. 즉 나는 특별하거나 우월하지 않고 남과 똑같은 존재라는 사실을 받아들이는 겁니다. 남이 당하는 불행이 나에게도 닥칠 수 있다는 생각을 갖고 겸손하게 살아갈 때 우리는 미래를 잘 예측할 수 있고 불행이 닥쳐도 슬기롭게 대처할 수 있는 것입니다. 사람의 깊이감은 바로 이 객관화를 통해 형성됩니다.

또 자기 객관화라는 것은 다른 사람을 내 몸과 같이 사랑할 수 있게 만들어주는 좋은 길이 됩니다. '저 사람도 나처럼 똑같이 사랑하려고 노력하는 사람일 거야, 저 사람도 나처럼 똑같이 착하고 진실하게 살려고 노력하는 사람일 거야.' 바로 이런 자기 객관화를 통해 우리는 어제보다 더 잘 사랑할 수 있습니다.

우리가 작아질 때

***** ***

    세상을 살면서 일확천금, 고위관직, 노벨상, 호화로운 저택 같은 큰 기쁨만을 원하는 사람은 좀처럼 그 기쁨을 얻기가 힘듭니다. 정치가들의 얼굴을 보십시오. 얼마나 어둡고 위압적인 표정들입니까. 부드럽고 온화한 정치가의 얼굴을 본 적이 없는 것 같습니다.

    그러나 농부들이나, 시장 할머니들의 얼굴에 흐르는 천진난만한 웃음을 보십시오. 얼마나 티 없이 맑은 웃음입니까. 작은 기쁨을 원하는 사람들은 그것을 찾아 얻기가 쉽습니다. 그들이 기뻐하는 것들은 아기의 하품, 작은 들꽃, 아침 이슬, 꿀 같은 휴식, 막걸리 한잔, 소박한 밥상 같은 것들이기 때문입니다.

우리가 작아질 때, 우리는 어느새 많은 기쁨 속에 살아갈 수 있습니다. 초여름, 수백 송이의 장미를 매달고 있는 덩굴장미는 참 아름답습니다. 그러나 그 덩굴에 농구공만 한 큰 장미 한 송이만 떡하니 달려 있다면 무엇이 아름답겠습니까. 여러분은 큰 기쁨을 원하나요, 아니면 작은 기쁨을 원하나요.

작은 일에 깨어 있기

* * * * *

인간은 분수를 모르고 더 큰 욕심을 부리는 성향과, 죄를 지으면서 점점 더 뻔뻔스러워지는 경향이 있습니다. 그 마지막은 비참할 것을 알면서도 미련하게 그 길을 갑니다. 그 미련함은 가면의 다른 말입니다. 세상은 가면을 쓰지 않으면 도저히 살아갈 수 없을 것 같지만 그럼에도 꼭 가면을 쓰고 살아야 하는지를 우리는 깊이 생각하고 선택해야 합니다.

우리는 삶 속에서 작은 것을 얻었을 때도 크게 감사할 줄 아는 마음과, 작은 죄를 지었을 때도 크게 부끄러워할 줄 아는 마음을 가져야 합니다. 작은 것에도 감사하는 마음과, 작은 것에도 부끄러워하는 마음이 큰 망신을 면하게 해줍니다. 작은 것은 가볍습니다. 가볍다는 것은 그만큼 시작이 쉬울 수 있다는 말이며, 가벼운 만큼 웬만한 모든 일들이 시작으로 연결될 수 있다는 말입니다.

용기 있게 용서하기

* * * *

남에게 상처를 주지 않고 살기란 그리 쉽지 않습니다. 누구나 상처를 주고받으며 살아가기 마련입니다. 그러므로 서로 용서하며 살아가면 문제가 없을 터인데, 우리는 상대방이 나은 쪽으로 변화될 때까지 끝까지 용서해주지 않습니다. 용서를 해주면 내가 뒷걸음치거나 낮아지는 거라고 생각하며 고집부리기만 할 뿐, 용서라는 카드를 먼저 사용한다면 상황 전체가 좋은 쪽으로 변화될 터인데 그 사람이 변화될 때까지만은 기다립니다. 그래서 우리는 상처투성이로 인생을 살아가고 있습니다. 상처투성이로 살아가는 것이 용서하는 것보다 쉬울 거라는 자세 때문입니다.

때로는 이를 악물고 어렵사리 용서를 해주기도 합니다. '내가 이번에는 참는다. 그러나 다음에 다시 그러면 그때는 용서 없다.' 온갖 생색을 다 내면서, 조건을 달면서 용서를 해줍니다. 그리고 걸핏하면 그 일을 끄집어내어 상처를 긁어댑니다. 이런 용서는 참 용서가 아닙니다.

진정한 용서는 용서의 흔적, 용서의 기억까지 없애는 것입니다. 그리고 상처의 자리에, 용서한 자리에 사랑이 자리잡게끔 하는 것입니다. 좀처럼 어울릴 것 같지 않던 상처와 용서가 한 번에 통하면 우리의 사랑이 깊어집니다.

한 번뿐인 인생입니다. 떠나는 그날에, 미워했던 기억을 가지고 가시겠습니까, 사랑했던 기억을 가지고 가시겠습니까.

조용한 정의

* * * * *

우리는 지난 시절 불의했던 사회에 정의를 세우려고 무던히도 노력했습니다. 때로는 투쟁도 했습니다. 그러나 아직도 이 사회는 불안정하기만 합니다. 정의를 앞세운 사회는 실현되기 힘든 이상 사회理想社會일까요? 우리가 정의를 너무 어렵고 거창한 것으로 생각하고 있는 것은 아닌지 모르겠습니다. 정의는 쉽게 말해서 남을 생각할 줄 아는 마음과 행동이라 할 수 있을 것 같습니다. 불의는 남을 생각하지 않으니까요.

그러나 문제는 '정의를 세워야 한다는 사실'이 아니라, '그 정의를 어떻게 세울 것인가?' 하는 문제입니다. 정의를 세우자고 큰소리로 외친다고 정의가 세워지진 않습니다. 점잖고 감동적인 공익광고가 세상을 변화시키지도 못합니다. 힘으로 불의가 꺾어집니까? 불의는 다양한 모습으로 또다시 고개를 쳐들곤 합니다. 우리는 역사 속에서 정의의 이름으로 행해졌던 복수와 폭력을 많이 보았습니다. 정의의 이름으로 많은 단체들이 우후죽순처럼 생겨났었고, 그들의 시끄러운 선전을 들어야 했으며, 때로는 동참을 강요당하기도 했습니다. 그러나 그렇게 해서 정의가 이 땅에 서는 것은 아니었습니다.

정의는 조용히 이룩되어야 합니다. 시끄러운 정의는 일을 그르칩니다. 묵묵히 정의를 사는 사람들이 그들의 평화를 세상에 보여주어야 합니다. 피를 부르지 않고 용서하는 정의, 겸손히 자신을 볼 줄 알고 자신의 할 바를 묵묵히 실천하는 정의, 이런 반딧불이 같은 작은 정의만이 이 땅에 뿌리를 굳게 내리고 우리의 처지를 변화시켜줍니다.

좋게 말하기

* ** **

여러분은 하루종일 얼마나 많은 말을 하십니까? 남을 살리는 말을 많이 하십니까, 남을 죽이는 말을 많이 하십니까? 나 자신을 위한 말을 많이 하십니까, 공동체를 위한 말을 많이 하십니까?

세 치 혀가 사람을 죽인다는 말이 있는 것처럼 말은 정말로 조심해야 할 것입니다. 말을 할 때 조심해야 할 것은 '누구에게 들은 말인가?'와 '누구에게 해야 할 말인가?'입니다. 즉, 말을 옮길 때는 확실한 근거가 없는 말은 옮기지 말아야 합니다. 또한, 말을 할 때는 정확한 말을 정확한 대상을 향해야 합니다. 당사자가 없는 자리에서 그 사람에 대해서 험담하는 것은 정당치 않은 일일뿐더러 적정 거리를 위반하는 일입니다. 우리는 적정 거리 유지를 통해 서로를 존중할 수 있습니다.

우리가 살아가면서 몸으로 하는 선행도 있겠지만 말로써 할 수 있는 선행이 아주 많습니다. 남에 대해 좀더 긍정적인 생각과 남을 좋게 이야기하는 마음을 지니고, 늘 사람과 사람 사이와 그 틈, 전체를 생각해서 신중하게 말하는 습관을 가졌으면 좋겠습니다. 그게 울림이겠습니다. 그 울림은 내가 험담하려 했던 사람에게 아주 빠른 시간 안에 전해지는 힘을 지닌 것이겠고요.

죽음 연습, 사랑 연습

* * ***

한 젊은 후배가 연로한 선배님에게 전화를 걸어서 "선배님, 요즘은 어떤 일로 바쁘셨어요?"라고 안부를 물었다가 "아니, 다 늙은 노인네가 무슨 일로 바쁘겠어요?"라고 벌컥 언성이 높아진 대답을 들은 일이 있었답니다. 후배가 인사를 잘못 건넨 것일까요. 연로한 선배로서 바쁘지 않은 자신에게 그런 인사는 가당치 않은 것이었을까요.

나이들어가는 삶에는 별일이 없기 마련이고, 어쩌면 나이든 사람에게는 아픈 일이 별일인지도 모릅니다.

큰 병에 걸려서 얼마 살지 못한다는 진단을 받은 환자들을 보면 참으로 놀랍습니다. 그 사람들은 이제 일도 필요 없고, 돈도 필요 없고, 자기를 위하는 것도 필요 없습니다. 오직 사랑하는 사람을, 사랑했던 사람을 한번 더 만나려고, 사랑한다는 말을 한번 더 하려고 간절히 애씁니다.

911 테러사건 때 건물 안에 갇혀 있던 사람들이 휴대폰으로 남긴 마지막 말도 모두 사랑한다는 말이었습니다.

우리는 지금 살아 있습니다. 그렇지만 죽는 연습을 하며 살아야 하겠습니다. 죽는 연습이란 바로 사랑하는 연습을 뜻하기 때문입니다. 죽는 사람에게 남아 있는 가장 중요한 일은 불안과 두려움이 아니라 바로 사랑이라는 것을 우리는 꼭 기억해야 합니다. 다 늙었는데 좋은 일이 뭐가 있겠느냐고 말하면 말할수록 우리는 사랑으로부터 멀어지고 맙니다.

종말의 신호

* * * *

　우리는 모두 죽습니다. 그런데 과연 죽음은 두려운 일인가요. 늙을 대로 늙었는데도 죽지 못한다면 그것이 더 두려운 일 아니겠습니까? 살아 있을 때 가지려고만 하고, 이기려고만 하고, 즐기려고만 했다면 그저 죽음은 두려운 사건일 것입니다. 그런 이들에게 죽음은 크나큰 상실이기 때문입니다. 그러나 욕심부리지 않고, 소유하려 하지 않고, 인생을 물 흐르듯이 살아온 사람에게 죽음은 또하나의 자연스러운 만남이 될 것입니다.

우리는 항상 오늘을 살고 내일을 준비합니다. 내일 일을 정확히는 모르지만, 오늘 성실히 준비하면 내일 행복에 가까워질 수 있음을 우리는 압니다. 내일 뒤에 내일, 그 내일 뒤에 내일, 그 나중 뒤에는 내일이 죽음입니다. 그러니 죽음을 준비하는 것은 내일을 준비하는 것과 별로 다를 것이 없습니다. 실제로도 내일은, 오늘의 내가 죽고 새로운 내가 사는 것입니다. 나날이 신체도 변하고 생각도 변해가니 매일 다른 모습으로 존재하는 것입니다. 우리는 매일 죽고 매일 부활한다고 말할 수 있습니다.

내일이 있다는 것만으로 인생은 살 만한 가치가 있으므로 우리는 단지 성실하게, 착하게 오늘을 잘 살면 됩니다. 선함과 아름다움과 사랑과 친절과 도움으로 애쓰며 내일을 준비하면 됩니다. 오늘 성실히 준비하면 내일이 아름다울 것이고, 내일 내가 죽는다면 오늘 준비한 그 성실함이 아름다운 천국의 문을 힘껏 열어줄 것입니다. 혹, 내일 내가 죽지 않는다면 나는 내일의 천국을 앞당겨 살 수도 있는 것입니다. 천국은 성실히 준비하는 사람에게 오늘이나 내일이나 언제든지 열리는 세상입니다.

사랑하는 사람이 떠난 후 그다음날도 크게 다를 것 없는 내일의 하나이며, 내가 떠난 후 남겨진 사람도, 떠나온 나도 또다른 하루를 맞이할 뿐입니다. 하루하루 내일을 준비하며 성실히 살다보면 우리는 어느새 천국에 가 있을 것입니다. 종말이란 미래에 다가올 멸망의 개념이 아닙니다. 종말이란 우리를 겁나게 하고 조급하게 만드는 불안의 지점이 아니라, 오늘을 마지막처럼 잘살게 해주는 신호입니다.

오늘이 용서할 수 있는 마지막날인 것처럼 살아가는 것, 내가 살아온 인생의 모든 부분을 사랑한다고 인정하며 살아가는 것, 내 옆에 있는 이에게 사랑한다 말하며 손을 잡아줄 수 있는 마지막날인 것처럼 살아가는 것, 그것이 바로 종말과 죽음이 존재하는 명백한 이유입니다.

타인의 죽음 앞에서

* * * * *

우리에게 죽음이 두렵고 슬픈 이유는 잘 죽지 못하기 때문입니다. 요즘 주위에서 안타깝고 불행한 죽음들을 많이 봅니다. 자기가 살기 위해 남을 죽이는 일을 서슴지 않고, 사람을 죽이는 일을 손가락 하나 움직이듯 행합니다.

불행한 죽음은 참 마음 아픈 일입니다. 죽음이라는 것은 불행의 극치가 아니라 인생의 아름다운 완성이고 아름다운 이별이어야 합니다.

왜 타인의 죽음을 가벼이 여기는 일이 자꾸 생기는 걸까요. 전쟁을 겪은 적이 없으니 죽음을 흔하게 많이 접한 세대도 아닌데 타인의 생명에 대해서 가벼운 태도를 숨기지 않습니다.

죽음은 저멀리 아주 멀리에 떨어져 있는 것도 아닌데다가 우리의 삶과 죽음은 끝 면이 서로 구분하기 어려울 정도로 맞물려 있습니다.

누군가의 죽음이, 남아 있는 우리의 영혼과 맞물려 있는 것처럼 말입니다. 다른 사람의 죽음 앞에서 애도하지 못하는 것은 인간이라는 자부심을 저버리는 일입니다. 타인의 죽음 앞에서, 인간의 모든 존엄성을 바탕에 두고 애도하는 것으로 자신의 품위를 높일 수 있다면 좋겠습니다.

우리 사회의 이런 죽음이 덜 슬프도록 배려받을 수 있는 사회가 되면 좋겠습니다. 모든 죽어가는 사람들이 선종善終*을 누리는 사회가 되면 좋겠습니다. 그러기 위해서는 우리가 위로하는 마음으로, 존경하는 마음으로 죽어가는 사람들의 손을 잡아줄 수 있어야겠습니다. 그렇게 손잡을 기회를 다른 이의 손에 맡기지 않으면 좋겠습니다.

* 가톨릭 용어로 임종 때에 성사를 받아 큰 죄가 없는 상태에서 죽는 일.

지금 당장

* * * *

여러분은 자신이 죽는 날짜를 언제쯤으로 생각하고 계시는지요. 십 년쯤 뒤입니까? 이십 년쯤 뒤입니까? 우리는 인생이 유한하다는 것을 알고 있습니다. 그러나 우리는 그 소중한 하루하루를 알뜰하고 아름답게 살지 못하고, 늘 막연하게 대충 사는 경우가 많습니다. 만약에 우리 각자가 자신이 죽는 날짜를 알고 있다면 지금처럼 살지는 않을 겁니다.

체감상 지구가 점점 빨리 도는 것 같고, 일 년, 열두 달 달력이 바람에 흩날리는 낙엽처럼 금방 날아가버리는 것을 보면 앞으로의

십 년도 잠깐일 것입니다. 그렇게 십 년이 한 번 지나고, 두어 번 지나고 나면 우리는 어쩌면 여기에 없을지도 모릅니다. 그럼에도 그냥 이렇게 살아도 괜찮겠는지요.

우리는 의미 있는 삶을 살고 싶은 사람들입니다. 좀더 전력으로 살아야겠다고 늘 생각합니다. 좀더 열심히 사랑해야겠다고 생각합니다. 도전을 해야 내 존재의 의미를 찾게 될 거라고 생각만 합니다. 세속적인 일들보다 남을 위해 봉사하는 것이 더 중요하고 보람 있다고 믿기는 합니다. 그러나 문제는, 누구나 '다 알고 있지만 지금 행하지 않는다는 것'입니다. 그러지 않았기 때문에 내 죽음 앞에 내 침상을 둘러싼 사랑하는 이들에게 "그럼, 잘 있어"라고 간단히 말할 수는 없을 것입니다.

지금 당장 행해야 합니다. '내일, 조금 더 이따가……'라는 말은 하지 않겠다는 말과 똑같습니다. 추호의 망설임도 없는 단호한 결정이 꼭 필요합니다. 그리고 그다지 그 결과에 만족하지 않아도 됩니다. 가슴으로 납득할 수 있다면 그것으로 최선입니다.

우리 모두는 시한부 인생을 살고 있기 때문입니다.

진정한 나

* * * * *

얼굴이나 외모에 대해 이런 생각은 어떨지요. '못생긴 얼굴을 만드신 분은 신神이고, 그 못생긴 것이 그 사람 탓이 아니니 부끄러워하거나 자신 없어 할 일이 아니다. 잘생긴 얼굴을 만드신 분도 신이고, 그것 또한 그가 잘해서 그리된 것이 아니니 자랑하거나 우월하다 생각할 일이 아니다.'

사람의 내면에서 드러나는 눈빛과 표정이 더 중요하다는 것은 우리가 그런 사람을 몇 알기 때문입니다. 그런 사람은 무엇보다도 자기 자신을 존중하는 느낌이 강합니다. 그런 사람 앞에서는 저절로, 산다는 것에 대한 그만의 이야기를 듣고 싶어집니다. 그런데 요즘은 왜 그렇게 성형외과가 많아진 것입니까. 성형한 다음으로는 그 바탕 위에 돈과 명예를 쉽게 쌓을 거라 믿기 때문인가요. 진정 자기 자신을 찾는 일은 평생 찾아도 찾기가 쉽지 않은 것인데 진짜 자기는 어디에 숨기려고 하는 걸까요.

한 사람이 길을 가다가 아는 스님을 만나 술을 잔뜩 마시게 되었답니다. 그 사람이 술에 취해 곯아떨어지자 짓궂은 스님은 그 사람의 머리를 홀랑 깎아버리고 떠났답니다. 한참 뒤 깨어난 그 사람이 시원해진 자기 머리를 만지며 하는 말, "어? 스님은 여기 계신데, 나는 어디 갔지?"

한 사람이라는 생명으로 태어날 확률은 인간의 머리로는 도저히 계산할 수 없는 영역입니다. 그 생명이 바로 당신입니다.

진정한 평화

*****

진정한 평화의 조건은, 불변성과 자유입니다.

　우리는 세상을 살면서 평화롭기 위해 돈을 벌고, 평화롭기 위해 건
강을 유지합니다. 그런데 그 돈이라는 것은 그 가치가 계속 변할 뿐
만 아니라 무의식중에도 계산과 비교를 해야 하며 하루아침에 없어
질 수도 있는 무상無常한 것입니다. 돈을 추구하면서 사는 삶은 긴장
과 불안의 연속입니다. 또 돈을 벌기 위해서는 끊임없이 경쟁자를 의
식해야 하며, 번 돈을 지키기 위해서 우리는 너무나 큰 자유를 희생

해야 합니다. 건강이라는 것도 그것이 인생의 목표는 될 수 없습니다. 아침에 도道에 들면 저녁에 죽어도 좋다는 어느 성현의 말씀처럼, 건강은 분명 인생의 목표에 도달하기 위한 수단에 불과합니다. 인생의 참된 가치를 찾고 실현하기 위해서 애쓰지 않는 사람이 건강하다면 그 건강은 부질없는 것입니다.

물질은 분명 많은 것을 바꾸어놓고 많은 것들을 뒤흔들어놓습니다.

진정한 평화는 '참사랑의 상태'를 의미합니다. 참사랑은 돈처럼 하루아침에 없어지거나, 풋사랑의 연애감정처럼 쉽게 변하는 것이 아닙니다. 희뿌옇게만 보이던 세상을 안경을 써서 제대로 보게 되는 그런 것도 아닙니다.

참사랑은 죽을 때까지 변함없고, 자식에 대한 어머니의 사랑보다 간절하고, 마음과 혼을 다하여 사랑하는 것입니다. 참사람은 이웃을 따뜻하게 여김과 동시에 세상의 제도와 권력들이 우리 몸을 꽁꽁 묶어도 저지할 수 없는 자유로움 자체입니다.

우리가 진정한 평화를 원한다면 진정으로 사랑하면 됩니다. 세상 모든 살아 있는 것들은 죽어서 다른 것이 되지만 사랑은 영원히 사랑이 됩니다.

진짜와 가짜를 구분하기

* * * *

집단 성향이라는 것은 별로 좋은 게 아닌 것 같습니다. 혼자 시
험공부를 하지 않으면 걱정이 되지만, 여럿이 함께하지 않으면 안
심이 됩니다. 새치기도 여러 사람이 범하면 내가 슬쩍 범하는 것도
좀 쉬워집니다. 인간은 사회적 동물이라 혼자서는 살지 못합니다.
그러나 사회라는 것은 함께 모여 살면서 서로 도움을 주고받는 좋
은 시스템을 바탕으로 하지만, 집단이 저지를 수 있는 악행의 유혹
이 많은 곳이기도 합니다.

사람이 일대일로 만나 얘기할 때는 서로의 약점을 쉽게 얘기하

지 못하지만, 여럿이 모이면 남의 약점을 흉보기가 쉬워집니다. 혼자서는 못할 악행도 모여서 함께하면 더욱 대담해지고 악독해집니다. 이렇듯이 집단 성향은 균형감각을 마비시키면서 악행을 키우는 경우가 많습니다. 응집력이 높은 집단일수록 자주 엉터리 같은 결정이 나온다고도 합니다. 아무리 아니라 해도 때로 집단 성향의 위력은 너무나도 강합니다.

우리는 늘 최종 판단은 나 스스로 해야 한다는 사실을 견지하면서, 집단에 매몰된 삶으로부터 무리의 세력이 뭐든 조정할 수 있을 거란 착각으로부터 벗어나려 노력해야 합니다. 안 좋은 것의 전염이 훨씬 더 빠릅니다.

스스로에게도 거리를 두고 멀찌감치 떨어져서 자아를 보는 것이 중요한 일일 것인데 우리들의 나약함은 대열에 합류하는 것이 안전하다고 느끼면서 바깥사람들에게로 열려 있습니다. 하지만 한낱 소속감 속에서 인정받기 위해 집단에 속하고자 하는 애착은 진짜인지 가짜인지를 구분하는 감각을 무뎌지게도 합니다.

정말 괜찮은 사람은, 남들과의 관계 속에서 내가 어떤지를 생각하기보다는 내가 누구인지를 먼저 생각하는 사람입니다.

참 좋은 장사

* * * * *

물질의 풍요로움은 세상에 자랑할 만큼 명예로운 것도 아니고, 인생의 의미가 될 만큼 중요한 것은 더더욱 아닙니다. 물질은 그저 생활의 편리를 위해 지니는 정도의 것이지, 내가 그것을 지나치게 소유하면 다른 사람들이 불편하게 살아야 한다는 것을 깨달아야 합니다. 소유한다는 것은 큰 의미가 없는 일인데도 더 많이 가지려 애쓰는 마력과 중독이 있습니다. 지나친 소유는 상대적으로 정신을 나약하게 하고 우리 삶의 마지막에 더 큰 상실감만 가져다줄 뿐인데 말입니다.

그러므로 지금 우리가 어쩌다 많은 것을 소유했다면, 그것으로 인한 상실감을 맛보기 전에 미리미리 내어주는 지혜를 가져야 합니다. '어려움에 처했을 때일수록 쉬운 일을 할 때처럼 하라'는 말이 있습니다.

세상 모든 것은 가지고 놓지 않으면 행복도 고인 물처럼 무감각해집니다. 나눈다는 것은 귀하다는 측면에서, 드물다는 측면에서 우리의 인격을 높여줍니다. 그래서 누군가를 대접하는 일은, 미래의 허망함을 현재의 기쁨으로 바꾸는 참 좋은 장사입니다.

참사랑

* * * *

　우리는 행복을 얻기 위해 사랑을 합니다. 그러나 조심할 것이 있습니다. 세상에는 거짓 사랑도 있다는 사실입니다.

　감정에 휘말려 상처를 남기는 변덕스러운 사랑, 입장료가 필요하고 사용료나 할부금을 내야 하는 조건이 까다로운 사랑, 결국은 지불을 요구하는 사랑.

　가치를 따져보고 반드시 남는 것이 있어야 한다거나, 상대를 구속하거나, 자기 자신만을 위해 필요한 사랑, 그러다 결국엔 내버리는 사랑들은 참사랑이 아닙니다.

참사랑은 무조건적입니다. 내가 아닌 그에게 남김없이 주기로 매일매일 결심하는 것입니다. 성하거나 병들거나, 있거나 없거나, 곱거나 추하거나 상관없이 계속 주는 것입니다. 내가 선택한 그를 위해, 가지 않은 내 길들을 포기하는 것입니다.

그런데 우리는 사랑을 무조건적으로 받고 싶어하지만, 줄 때는 조건적으로 주려 합니다. 왜냐하면, 한 번뿐인 나의 삶 전부를 내 던지기가 두렵기 때문입니다. 나를 계속 주다보면 나는 없어지는 것이 아닌가 하는 그 두려움 때문입니다.

하지만 자신이 다 지워져도 두렵지 않을 무조건적인 사랑만이 참사랑이며, 이 무조건적인 사랑이야말로 우리에게 자기의 가치를 느끼게 해주고, 자기를 사랑하게 해주며, 자기의 정체를 더욱 잘 알게 해줍니다. 세상 어느 좋은 제도보다도 사랑은 더 중요합니다. 훨씬 더 좋은 세계를 만나게 해주니까요.

메닝거라는 한 정신의학자는 이런 말을 했습니다. "사랑은 사람들을 치료해준다. 사랑을 주는 사람과 받는 사람 모두를."

가면이라는 감옥

* * * * *

남에게 보이기 위한 행동은 부자연스럽기 마련입니다. 그런데 우리에겐 보이기 위한 욕망들이 뿌리깊게 자리잡고 있습니다. 그 중 가장 이상스러운 것이 '체면'입니다. 양반 체면, 교수 체면, 사장 체면 따위를 포함해 경조사 때도 체면을 중요시합니다. 또 누군가 를 처음 만나는 자리에서 겉치레는 어떻습니까. 그렇게 행동과 실 제가 일치하지 않는 보임은 과연 누구를 위한 것인지요.

어떤 모습을 고집하며 산다는 것은 바람직하지 않은 일입니다.

왜냐하면, 세상은 끊임없이 변화하고 발전하는데, 고정된 모습으로는 그런 세상에 적응하기 힘들기 때문입니다. 자기 안팎에 일어나는 끊임없는 질문과 다이내믹한 변화에 동조하면서 진솔하게 자신을 변화시키고 발전시키는 유연성을 가지고 사는 사람이 되고 싶습니다.

체면이라는 가면 때문에 생기는 부자유와 불일치는 절대 멋있는 모습이 아닙니다. 관심을 끌 수도 없습니다. 왜곡된 자아를 벗어버리고, 자유롭고 개성 있고 솔직한 모습으로 살아가면 좋겠습니다. 그럭저럭 살아가기 위해 사람들은 때때로 중요하지 않은 것들을 포장하곤 하지만 정작 우리는 그 부자연스러운 것들의 감옥에 영원히 갇힌 채 살아갈 수는 없을 테니 말입니다.

칭찬과 비난

* * * * *

이상하게도 좋은 일을 하려는 사람들을 좋게 봐주지 않는 세상입니다. 질투가 나서 그러나봅니다. 좋은 일은 세상을 바꿀 수 있다고 믿는 힘이 있습니다. 누구에 의해서 쉽게 훼손되고 마는 그런 일이 아닙니다.

그런데도 좋은 일을 하려면 많은 오해와 질투와 비난을 받게 됩니다. 그럴 때 비방하는 사람들에게 차분하고 부드러우면서도 양보하지 않는 강함을 보여줄 수 있으면 좋겠습니다. 자신의 선의가 다른 사람의 시선 때문에 멈출 일은 아니라는 겁니다.

　우리는 부드러움과 강함을 동시에 가지고 살아야 합니다. 마찰을 이기는 방법은 피하는 것만이 최선은 아닙니다. 옳은 일을 함에 있어 쉽게 분노하여 일을 망치거나, 우유부단하게 많은 것을 양보하여 일을 성취하지 못하는 우憂를 범하지 말아야 하겠습니다.

　'비난과 칭찬에 흔들리지 말라' '소리에 놀라지 않는 사자와 같이, 그물에 걸리지 않는 바람과 같이, 흙탕물에 더럽히지 않는 연꽃과 같이, 무소의 뿔처럼 혼자서 가라'는 말씀이 생각납니다.

사랑의 샘

* * * * *

우리가 흔히 즐겨 마시는 청량음료는 마셔도 갈증이 잘 가시지 않습니다. 오히려 마실수록 더 목마르게 하는 음료가 많습니다. 그저 음료수에 국한된 이야기가 아니라 현대를 사는 사람들의 해소되지 않는 마음의 갈증을 나타내주는 듯합니다.

기름값이 약소국을 위협하고, 국제테러는 갈수록 심해지고, 생활고 때문에 동반 자살하는 가정도 늘어나고, 늘 경쟁에서 이기려고 안간힘을 써야 하고, 이긴 사람들은 더 높이 더 높이 올라가려하고, 진 사람들은 밀려나고 또 밀려납니다.

현대는 타는 목마름의 시대입니다. 양과 속도라는 기준 위에 모든 것을 차곡차곡 쌓아가려 하는 것, 그것이 그저 영양 상태만 좋은 '현대'라는 동물의 실체입니다.

이런 우리 삶의 갈증을 해소해줄 음료는 과연 없는 것일까요? 잘 살아남기 위해서라면 우리는 우리 자신을 관찰하고 자기다워지는 방법을 끊임없이 구해야 합니다.

사랑이라는 감정이 그 답이 되지 않을까 생각합니다. 누군가를 믿는 것, 누군가를 따르는 것, 누군가를 자주 만나고 싶은 것, 이 모든 감정이 사랑입니다. 누군가에게 신뢰받고 싶은 것, 누군가를 이끌어주고 싶은 것, 누군가를 만나 자리를 환하게 해주는 것 모두 사랑입니다. 자신의 매력이 무언지를 찾는 것도, 그것을 오래 유지하려 노력하는 것 또한 사랑입니다. 사랑을 감싸고 있는 수많은 겹을 어느 단어 하나로 정의하기란 여간 어려운 일이 아닙니다. 하지만 분명한 것은 우리는 그 수많은 감정의 겹을 알고자 여정을 떠났고 그 무수한 걸음을 통해 인생이라는 그림을 완성해가고 있다는 사실입니다. 그리고 결국 이 사랑이라는 감정만이 사람을 위태로움에서 구출해내고 우리 존재를 증명하게 한다는 진실을 알게 한다는 것입니다.

한 사람이 한 사람의 샘물이 될 수 있습니다. 그렇게 사랑만이 우리 마음의 갈증을 풀어줍니다. 부디 우리들 마음 그릇이 이 목마른 시대의 갈증을 풀어주는 '사랑의 샘'이 될 수 있기를 바랍니다.

판단하지 말기

* * * * *

    사람들 속에서 평화롭기 위해 필요한 것들이 있습니다. 첫째는 자기를 있는 그대로 받아들이고 용서하는 것입니다. 둘째는 다른 사람을 있는 그대로 받아들이고 용서하는 것입니다. 셋째는 다른 사람에게 사랑을 주는 것입니다. 이 세 단계는 순서대로 이루어져야 합니다. 자기를 용서하지 못하면서 남을 용서할 수 없는 것이며, 남을 용서하지 않으면서 그를 사랑할 수는 더욱더 없는 것이기 때문입니다.

이 세 가지 과정 중에서 제일 어려운 것이 '다른 사람을 있는 그대로 받아들이고 용서하는 일'인데, 우리에게는 다른 사람을 내 마음대로 판단하려는 경향이 다분하기 때문입니다. 그러나 사실 우리는 다른 사람의 속사정을 정확히 알 수는 없는 일이기에 그를 판단할 수 없습니다. 또한 우리가 지나간 일로 어떤 사람을 판단하려 할 때, 그 사람은 이미 과거의 사람이 아니고 현재의 사람이며 미래의 사람입니다.

우리의 모든 판단은 부당한 것이며, 그 부당한 판단은 언젠가 우리에게 부당한 판단으로 되돌아옵니다. 자비로우면 자기가 평화롭고, 심판하면 적이 생깁니다. 남을 단죄하는 순간 나의 죄도 밝혀지기 시작한다는 것을 알아갔으면 좋겠습니다.

자기다움이 그 사람을 지탱하게 해줍니다. 그러니 자기다움이란 생명만큼이나 중요한 것인지도 모릅니다. 내가 이해받고자 하는 만큼 남도 이해하려 할 때, 우리는 나를 위한 삶을 살아가게 됩니다. 그만큼 나에게 가까워지는 일이니까요. 다른 이의 '그다움'을 인정하면 그만큼 나의 '나다움'을 찾는 일은 쉬워집니다.

하던 일을 모두 멈추고

* * * * *

우리들은 바쁘게 일하지 않는 사람을 보면 게으르다 하고, 스스로도 바쁘지 않으면 불안해합니다. 특별히 한 일도 없는데 바쁘기만 했다고 자주 말하곤 합니다. 결과와 성과만을 중시하는 세상을 살고 있습니다.

우리는 하루하루 매몰되어버리는 우리 삶에 대해 뼈아픈 자각을 해야 합니다. 이것은 정신없이 바쁘게만 흘러가는 자신의 인생과 이 세상의 진실을 다시 찾는 아주 중요한 단서가 됩니다.

지금 자기 앞에 있는 일을 '어떻게' 해야 할지 너무나 잘 알고 있지만, 그 일을 '왜' 해야 하는지는 잘 모르고 살아가는 건 아닌가요? 그저 반사적으로, 습관적으로, 기계적으로 일에 임합니다. 욕망을 따르는 우리들은 그저 일에 중독되어 살아갑니다. 알코올 중독, 마약 중독 못지않게 무서운 것이 바로 '일 중독'입니다. 오늘 무슨 일이든 할 일이 있어 일하고 있으면 안심이지만, 일하지 않고 있으면 불안한 마음이 생깁니다. 어쩌면 '일 중독'의 반대되는 좋은 말은 '몰입'인지도 모릅니다.

정말 중요한 일을 하기 위해 책상 앞으로 바짝 당겨 앉지만 정열과 시간을 투자하는 것이 아니라, 중요하지도 않은 부수적인 일에 매달려 아까운 시간을 허비하기도 합니다. 우리는 인생에 있어 껍데기 일과 알맹이 일을 잘 구별해야 합니다. 화려하고 소란하지만 기쁨과 평화가 없는 일들은 모두 껍데기 일입니다. 우리에게 기쁨과 평화를 주는 알맹이 일에 우선순위를 두는 것은 잘못이 아닌 우리의 권리입니다.

살기 위해서 먹는지, 먹기 위해서 사는지, 살기 위해서 먹는다면 정말 잘 살기 위해서 먹는지, 헛된 삶을 살기 위해 그렇게도 열심히 먹고 있는지 짚어봐야 할 일입니다. 때로는 하던 일을 모두 멈추고 잠시라도 정리해야 하는 때가 꼭 필요합니다. 그때가 바로 오늘이면 좋겠습니다.

해변의 인생

* * * *

우리는 아침에 일어나서 밤에 잠들 때까지 매일 똑같은 일을 반복하고, 똑같은 사람들을 만나고, 똑같이 욕심내고 미워하고, 실망하고 상처받습니다. 깊은 의미 따위는 없습니다. 이런 인생을 '해변의 인생'이라고 부르고 싶습니다.

스킨스쿠버를 해본 사람들의 얘기를 들어보면, 사람이 30미터 이상 바닷속으로 들어가는 일은 어렵고 위험하답니다. 일반적으로 우리가 바다를 안다고 해도 그것은 바다의 일부에 불과합니다. 어쩌면 해변에 머무르는 정도일지도 모릅니다. 그렇듯 수천 미터 바덫속은 어떤 세상인지 모르고 살아갑니다.

해변의 인생을 우리 인생의 전부라고 생각해서는 안 됩니다. 한 번뿐인 우리 인생이 먹고, 마시고, 시집가고, 장가드는 것이 다는 아닐 것입니다. 우리 인생에는 더 넓고, 더 높고, 더 깊은 세상이 있습니다. 지금보다 할일도 많고, 배울 것도 많고, 만날 사람도 많습니다. 특히 사랑할 사람들이 무척 많습니다. 고개를 들고 마음을 연다면 새로운 사람들, 새로운 세상을 만날 수 있습니다. 조금 헤매더라도 조금은 숨이 차더라도 앞으로 나아가야겠다면 망망대해로 나아가는 일이, 바닷속을 살피는 일이 중요합니다. 그것이 우리 인생을 받아들이는 일입니다.

행복과 불행

* * * *

행복은 사랑에 충실할 때 누릴 수 있습니다. 물질적으로 풍요롭다 하여도 나누지 않으면 불행한 것이고, 물질적으로 가난하다 하더라도 사랑을 위해 가진 것을 다 나누었으면 행복한 것입니다. 슬픈 일이 없고, 미움도 받지 않고, 고통 없이 살아간다고 행복한 것이 아닙니다. 사랑을 실천하다가 슬픈 일을 만나거나 오해받는 일들도 생길 수 있겠지만 그것이 행복을 빼앗아갈 수는 없다는 말입니다.

한마디로 행복한 삶은 불행을 감수하면서도 사랑을 할 수 있는 그런 삶을 말합니다. 세속적인 의미에서의 물질적 행복을 이야기하자면 세상에는 계속되는 행복도, 계속되는 불행도 없을 것입니다. 열심히 산다면 마음먹은 대로 살 수 있을 거라 믿지만 역시 세상에는 만만한 행복도, 끊임없는 불행도 없을 것입니다. 그런 행복과 불행은 교대로 찾아올 것입니다. 하지만 우리가 그 어떤 경우에도 사랑을 선택한다면 우리 안의 참행복은 늘 그 자리를 지키고 있을 것입니다.

힘 빼고 배우기

* * * *

테니스라는 운동이 있지요. 모든 운동이 그러하듯이 테니스도 힘을 빼는 것이 중요합니다. 힘을 잔뜩 주고 라켓을 휘두를 때보다 힘을 뺐을 때 공이 더 잘 맞고 파워도 강해집니다.

몸에 힘을 주고 있으면 무언가를 배울 수가 없습니다. 힘을 빼야 배울 수 있습니다. 또한 힘을 주고 살면 피곤하기만 하고, 강해지 기보다 오히려 약해집니다. 힘을 주면 빗나가는 일도, 안 되는 일 도 아주 많습니다.

온유하고 겸손하게 살라는 성현들의 가르침도 바로 마음에 힘을 빼라는 의미로 요약됩니다. 마음에 힘이 들어가 있는 사람, 즉 분노와 신경질이 가득하고 늘 자기가 제일이라 여기는 교만한 사람이 무엇을 배울 수 있겠습니까.

마음에 힘을 빼고 온유하고 겸손한 사람이 되라는 것은 힘이 없는 사람, 무능력한 사람이 되라는 뜻이 아니라 오히려 끊임없이 배울 준비를 갖춘, 잠재력이 있는 사람이 되라는 뜻입니다.

힘을 주는 것보다 힘을 빼는 것이 더 어렵다는 걸 알게 된다면 그다음 유념해야 할 것은 완급의 조절입니다. 힘을 싣지도 않으면서 그렇다고 너무 늘어지지도 않은 상태 말입니다.

온유하고 겸손한 사람은 점점 더 강해져서 세상의 온갖 무거운 짐들도 가볍게 지고 갈 수 있게 될 것입니다.

사람에 대하여

* * * * *

사람은 질그릇 같은 육체를 지녔습니다. 질그릇 같은 나약함으로 자주 눈물을 흘리지만 그 영혼은 우주를 담을 만큼 거대할 뿐만 아니라 그 영혼에는 우주의 숨결마저 흐르고 있습니다. 사람은 참으로 신비스러운 존재입니다.

세상에는 두 종류의 죄인이 있습니다. 하나는 죄를 지은 죄인이고 다른 하나는 죄를 짓지 않았다는 죄인입니다. 여러분은 어떤 죄에 관여되어 있습니까.

우리는 서로의 가능성을 볼 줄 알아야 합니다. 지금은 때묻어 있지만 본래는 순수하다는 것을, 지금은 기가 죽어 무능해 보이지만 사랑과 격려 속에 얼마든지 변화되고 커나갈 수 있다는 사실도 볼 줄 알아야 합니다. '과거 없는 성인聖人 없고, 미래 없는 죄인 없다'는 말이 있지 않습니까.

세월이 흐를수록 세상과 쉽게 타협하고, 감정이 무뎌지고, 영적으로 육적으로 늙어가는 것이 자연스럽습니다. 그러나 우리는 그렇게 되지 않았으면 좋겠습니다.

우리는 늙지 맙시다. 육체는 늙어도 영혼은 늙지 맙시다. 겸손할수록, 사랑할수록 더 젊고 싱싱해지는 것이 영혼입니다. 늙은 소나무가 더 멋있지 않습니까.

단순히 많이 가졌다고 부자는 아닐 것입니다. 많이 배웠다고 지성인이 아닐 것입니다. 베풀 줄 아는 부자가 참부자이고 바르게 행동하는 지성인이 참지성인입니다.

우리는 자기 자신을 남이 바라보는 것처럼 바라볼 필요가 있습니다. 자기를 객관화해서 바라보면 자신이 자신의 주인이 아니라는 것과 이 세상 모든 것이, 이 세상 모든 일이 집착의 대상이 아니라는 것을 알게 되기를 바랍니다.

사람은 계속 변하는 신비체입니다. 어제의 그 사람은 오늘의 그 사람이 아닙니다. 우리 몸의 세포도 그렇답니다. 어제의 세포는 죽고 오늘의 새 세포가 생긴다고 합니다. 어제의 몸이 오늘의 몸이 아닌 것처럼 어제의 악인도 밤사이 눈물로 씻겨져 새사람이 됩니다.

진정 중요한 것은 소란스럽지 않습니다. 조용히 숨어 있는 작은 것들입니다. 묵묵히 숨어서, 자기 자리에서 자기 일을 하는 사람들이 이 세상을 지탱합니다.

세상은 치장하고 나선 사람들을 아름답다 추켜세우지만, 진정 아름다운 것은 숨은 우정, 숨은 사랑, 숨은 선행, 숨은 사람들입니다.

한줄기 바람이 우리 곁을 휘돌아 어디론가 흘러가듯이 우리 곁의 사람들도 머지않아 바람과 함께 사라질 것입니다. 사랑과 아픔의 눈물을 흘리던 그 눈동자도, 다정한 말을 하던 그 입술도, 내 손을 잡아주던 그 따뜻한 손길도 모두 사라질 것입니다. 그러니 부지런히 사랑하십시오. 판단하고 미워할 시간이 없습니다.

우리가 어떤 사람이 미워질 때, 그 이유를 가만히 들여다보면 그 사람이 어떤 큰 잘못을 저질렀기 때문이 아니라, 그 사람이 나와 다르기 때문인 경우가 많습니다. 차라리 그 사람이 어떤 구체적인 잘못을 저질렀다면 그것은 큰마음 먹고 받아들이겠는데, 특별한 잘못도 없음에도 미운 사람은 용서가 잘 안 됩니다. 내가 좋아하는 것을 그 사람은 좋아하지 않고, 내가 싫어하는 것은 그 사람이 좋아하니 참으로 얄밉습니다. 그러나 어쩔 수 없는 것입니다. 다른 것은 다른 대로 흘러가게 두어야 합니다.

세상에는 사람을 모으는 사람이 있고 사람을 흩트리는 사람이 있습니다. 사람을 흩트리는 사람은 보통 사심을 가지고 일하거나, 인내심이 부족하거나, 남의 말을 들어주지 않거나, 비판을 잘하거나, 목소리가 너무 크거나, 자기주장이 너무 세거나, 자존심이 너무 세거나, 편을 가르는 사람입니다. 반면에 사람을 모으는 사람은 겸손하고, 조용하며, 남의 말을 잘 들어줄 줄 알고, 보이지 않게 희생하며, 솔선수범하는 사람입니다.

우리는 서로의 다양성을 인정할 줄 알아야 합니다. 모두 똑같은 색깔만 가지고 있다면 어떻게 멋진 매스게임을 할 수 있겠으며, 모두 똑같은 모양이라면 어떻게 커다란 모자이크 그림을 만들 수 있겠습니까. 또한 모두 똑같은 소리만 낸다면 아름다운 화음의 오케스트라 연주는 결코 가능할 수 없을 것입니다. 사람들은 곧잘 서로의 다른 모습, 다른 성격, 다른 처지 때문에 부딪히는데, 다르다는 것은 솎아낼 대상이 아니고 오히려 고마운 일입니다.

우리는 불확실성의 시대를 살고 있습니다. 그런 것을 반영하듯이 '같아요' 같은 식의 확신 없는 말이 무척 많습니다. "사랑하는 것 같아요. 싫어하는 것 같아요. 좋은 것 같아요. 나쁜 것 같아요. 맞는 것 같아요. 틀린 것 같아요." 말끝마다 '같아요'입니다.

이런 세상에서 누군가 "그것은 아니다"라는 말만 해도 그 사람은 무엇인가를 더 알고 있는 사람으로 여겨지고 대접을 받습니다. 사실은 그것이 왜 아닌지를 설명할 수도 없으면서 그저 아니라고 부정만 해도 잘난 사람으로 보이기도 합니다. 단순히 자기를 추켜올리기 위해 늘 다른 사람에 대해 부정적인 말만 하고 다니는 사람이 있습니다.

사람의 권위라는 것은 과연 어디에서 옵니까? 권력에서 옵니까, 아니면 부유함에서 옵니까? 지식에서 옵니까, 아니면 경험에서 옵니까? 진정한 권위는 겸손에서 옵니다. 겸손한 사람은 누구에게도 무시당하지 않습니다. 겸손한 사람이 강한 사람입니다. 겸손한 사람이 권위 있는 사람입니다.

사랑의 온유함에 대하여

* * * * *

우리 육체는 더 배부르길 원하고 더 오래 쉬길 원하고, 더 큰 쾌락을 요구합니다. 그러나 사랑은 모자라는 음식을 나누게 하고 없는 시간을 내어주며, 더 큰 고통을 감수하게 합니다. 사랑은 육체의 요구에 대한 도전입니다.

우리는 매일 하루를 마감할 때, 사랑을 위해서 오늘 내게서 빠져나가 없어진 무엇인가가 있다면 그것으로 기뻐할 줄 아는 하루를 살았으면 좋겠습니다. 나의 재물은 물론 나의 시간도, 사랑도, 애착도, 그 누군가를 위해 잘 쓰였으면 좋겠습니다.

사랑은 먼저 다가가는 것입니다. 조건 없이 있는 그대로를 받아들이는 것입니다. 사랑은 한결같은 것이어야 합니다. 사랑은 의지적인 것입니다. 사랑은 책임이 있어야 합니다. 사랑은 넉넉한 것이어야 합니다. 사랑은 아는 것을 몸으로 실천해 보이는 것입니다.

사랑의 반대말은 미움이 아닙니다. 사랑의 반대말은 죽음입니다. 그러므로 사랑이 바로 생명입니다.

우리가 하찮게 여기는 식물도 물과 햇빛을 먹으면 예쁜 꽃을 피웁니다. 우리는 매일 세끼를 먹지만 어떤 꽃을 피웁니까? 우리 인간은 육체의 양식을 먹고 영혼의 꽃을 피우는 존재들입니다. 영혼은 참으로 아름다운 꽃을 맺는데 그것이 바로 '사랑'입니다. 우리가 무엇인가를 하지 않으며 세상을 살아간다면 아무것도 하지 않는 숲속 저 바위보다 더 나을 것이 무엇입니까? 우리에게는 사랑을 도와줄 두 손과 두 발, 그리고 뜨거운 심장이 있지 않습니까? 우리에게 사랑을 방해하는 것은 무엇입니까?

푸른 하늘과 구름과 노을, 그리고 달과 별을 바라볼 시간을 모두 잃어버렸습니다. 주변 사람들의 마음을 알기가 더 힘들어졌습니다. 이 시대를 살아가는 데 중요한 것은 지식과 정보가 아니라 잃어버린 마음을 되찾는 일입니다.

내일이면 다시 만날 수 없을지도 모르는 우리 가족, 이웃, 친구입니다. 오늘 보는 것이 마지막으로 보는 푸른 하늘, 저녁노을, 산과 들일지도 모릅니다. 그러므로 오늘을 마지막날처럼 소중하게 살고, 지금 내 앞의 사람을 다시 만날 수 없는 사람처럼 사랑할 일입니다.

사랑하기에도 충분하지 않은 우리 인생의 소중한 시간들, 용서하지 못해 안타까워할 시간이 없습니다. 사랑은 먼저 용서를 해야만 가능한 일이고, 용서는 먼저 자기를 죽여야만 가능한 일입니다.

사랑이 인간을 가장 멋지게 성장시키는 부분이 바로 '계속성'이 아닌가 싶습니다……. 어떤 영화의 마지막 장면이 생각납니다. 불치의 병으로 죽어가는 남편이 자기를 간호하던 젊은 아내에게 미안해하며 말했습니다.

"사랑하는 그대여, 부디 내가 죽을 때까지 나를 사랑해주오."

그러자 아내가 눈물을 흘리며 대답합니다.

"아니, 당신이 죽을 때까지가 아니라, 내가 죽을 때까지 당신을 사랑하겠어요."

사랑의 탄생에 대하여

* * * *

사람을 사귀려면 그 사람의 말을 들어주어야 합니다. 사람을 사랑
하려면 그 사람이 말하려는 것, 그 이상을 들을 줄 알아야 합니다.

신神을 사랑하고자 한다면 소리 없는 신의 음성까지 들을 줄 알
아야 합니다. 들을 줄 아는 것이 말할 줄 아는 것보다 훨씬 중요합
니다.

인간은 엄청난 신비를 간직하고 있는 소우주小宇宙입니다.

그러므로 인간을 사랑하면 우주도 볼 수 있고, 신도 볼 수 있습니

다. 인간을 사랑하십시오. 신비의 열쇠인 인간이 바로 여러분 곁에서 숨쉬며 손을 내밀고 있습니다. 그러나 꼭 기억할 것은 그 사랑이라는 것이 달콤하고, 깨끗하고, 편안한 것만이 결코 아니라는 것입니다.

사랑은, 죽기보다 싫고, 거북하고, 땀내 나고, 더럽고, 병든 그 사람의 손을 잡는 것일 수도 있습니다. 사랑은 차라리 그런 사람을 온통 껴안아버리는 일입니다.

우리는 모두 사라질 것입니다. 이스라엘 예루살렘에 성지순례를 가면 성지마다 한국 사람들 낙서가 많이 남아 있습니다. '누구누구 여기 왔다 가다' '대한민국 만세' '누구야, 사랑해' 같은 흔적을 부질없는 행동으로 남기고 옵니다. 이것이 무슨 의미를 가질 수 있을까요. 단언컨대 후대에 우리가 남길 유산이 있다면 그것은 오직 '사랑' 뿐입니다. 자식에게 물고기를 잡아줄 것이 아니라 고기 잡는 법을 가르쳐주어야 하듯이, 우리는 우리 후손에게 행복과 평화의 원천인 '사랑하는 법'을 가르쳐주어야 합니다.

'항상 네 곁에 있을게' 같은 거짓말 말고, 열심히 사랑을 가르쳐주고 미련 없이 떠날 일입니다.

우리들의 사랑은 겸손하고 온유합니까? 사랑은 지배하면서 베푸는 것이 아닙니다. 사랑은 과시하는 것이 아닙니다. 사랑은 분노하는 것도 아니고 힘으로 하는 것도 아닙니다. 사랑은 친구가 되어 나누는 것이며, 남모르게 기도하고 도와주는 것이며, 사랑은 어떤 오해와 무시를 당해도 평화를 잃지 않고, 물질과 힘이 아닌 마음을 나누는 것입니다. 어쩌면 우리는 이 사랑의 진실을 알기 위해서 많은 오해와 무시를 당할지도 모릅니다.

우리에게 중요한 것은 몸도 아니고 말도 아니고 행동도 아니고 마음입니다. 착한 마음 없는 건강한 몸은 위험한 도구에 불과합니다. 진정한 마음 없는 말은 거짓입니다. 사랑하는 마음 없는 행동은 위선이 되기 쉽습니다. 하루가 지나고 나면 하루종일 무엇을 했는지, 왜 그렇게 했는지 허무할 때가 많습니다. 우리는 사랑의 마음이 실리지 않은 말과 행동으로 상처 준 것을 후회합니다.

우리는 좋은 사람으로 인정받고 싶어합니다. 우리는 슬플 때 누군가가 따뜻하게 위로해주기를 바랍니다. 우리는 사랑받을 때 행복감을 느낍니다. 우리는 희생이나 봉사를 했을 때 그것이 남에게 알려지기를 은근히 바랍니다. 그러나 우리가 사랑하기 위해 겪는 외로움과 고독, 남을 위한 수고들 그 모두는 당연한 것들입니다. 다른 사람이 인정해주고 사랑해주면 다행이지만 그것을 요구할 권리는 우리에게 전혀 없는 것입니다. 사랑은 일방적으로, 지속적으로 계속 주는 것이기 때문입니다.

사랑은 보이는 것이 아니라 선명한 것이 아니라, 사랑은 정신적인 탄생에 가깝습니다. 그 탄생을 위해 좀더 비장한 각오로 인생을 살고, 사랑에 임해야 할 일입니다. 사랑하려면 이 보잘것없는 운명 앞에서 더욱 강해져야 합니다.

삶에 대하여

*****

가끔 길을 가다보면 보도블록 틈새에 민들레 한 송이가 절묘하게 살아가는 것을 볼 수 있습니다. 어쩌다 그곳에 뿌리를 내리고 사람들에게 밟히지 않고 꽃까지 피웠을지를 생각하면 놀랍기만 합니다. 그 힘든 운명을 견뎌내고 삭막한 길바닥에 노란 꽃을 피워낸 민들레에게 인사합니다.

"안녕, 민들레야! 네가 나보다 훨씬 낫다."

비가 온 뒤 산책길에 올려다본 서쪽 하늘, 구름과 산 사이로 자러 들어가는 태양을 봅니다. 비에 씻겨 더욱 깨끗해진 태양이 잘 익은

홍시 같습니다. 돌아오는 길엔 하얀 달이 어느새 중천에 떠 있습니다. 반달을 지나 보름으로 가고 있는 달의 모양새가 마치 먹음직스러운 송편 같습니다. 내가 아름다운 총천연색 우주의 외딴 별을 걷는 나그네라는 생각이 들면서 어딘가 정겹게 술 익는 마을을 찾아가고 싶어집니다.

네온사인이 현란한 도시의 밤거리를 생각해보십시오. 아무리 화려한 세상이라 해도 결국은 흙으로 돌아가는 것이고, 인생의 많은 시간들도 기다림과 슬픔과 고통들의 연속입니다.

우리는 현란한 색채의 현대를 살아가면서도, 모든 색의 근본인 흑백의 인생을 살 줄 알아야 하겠습니다. 화려한 성공, 명예, 쾌락 이런 것들이 아니라 정직과 성실, 보이지 않는 희생, 마음 깊은 곳에 간직한 사랑, 이런 것들 말입니다.

시끄럽고 미련 많은 죽음을 마지막으로 땅속에 묻혀버리는 인생이 아니라 조용하고 평화로운 죽음을 데리고 아주 멀리 어디론가 떠나간다 싶은 그런 인생을 살고 싶습니다.

인생의 아름다움은 크기에 달려 있는 것이 아니라 구조에 달려 있는 것입니다. 인생은 사랑의 추억을 만드는 소풍입니다. 그 신호를 잊지 않고 늘 사랑하며 살아갈 때, 갑자기 죽음이라는 호출이 찾아와도 소풍을 마치고 원점으로 돌아갈 수 있는 것입니다.

아무리 세상이 좋게 변했다 해도 우리는 흙에서 와서 흙으로 돌아가는 인생입니다. 흙에서 배울 것이 참 많습니다. 이 땅을 모두 아스팔트와 시멘트로 덮어버리고 아파트 속에 갇혀 살다 갈 수는 없습니다. 갑자기 흙냄새 그윽한 시골 뚝방길을 맨발로 걷고 싶습니다. 뚝방길 따라 녹색으로 물결치는 드넓은 논도 바라보고 싶습니다. 눈에 초록물이 들도록 흙이 만들어낸 장면들을 한없이 바라보고 싶습니다.

지하철에서 걸인이 나타나면 우리는 생각이 많아집니다. 난 뭘해야 하나, 결정을 못하고 망설일 때 걸인은 지나가버립니다. 말이 많고 생각이 많다는 것은 도와줄 마음이 없다는 것입니다. 음악가 파가니니는 자신에게 구걸하는 거지를 길에서 만났을 때, 돈이 없어 바이올린 연주를 해주었답니다. 톨스토이도 가진 돈이 없어 거지에게 악수를 해주었답니다.

우리가 세상에 살고 있는 이유는 죄를 짓지 않기 위해서가 아니라 선을 행하기 위해서입니다.

잘난 사람들은 보통 공동체에서 따돌림을 받습니다. 그렇다면 그것은 참으로 잘난 것이 아닙니다. 모두와 잘 지내는 사람이 참으로 잘난 사람입니다.

'사랑의 기로에 서서 슬픔을 갖지 말아요. 어차피 헤어져야 할 거면 미련을 두지 말아요. 이별의 기로에 서서 미움을 갖지 말아요. 뒤돌아 아쉬움을 남기면 마음만 괴로우니까.' 어느 유행가의 가사입니다. 사랑이라는 멍에 때문에 마음이 아프지만, 미련을 두지 않고 미움을 갖지 않으면 마음이 조금은 편할 거라는 얘기입니다. 통속적인 유행가 가사로 보이지만, 우리가 힘들 때 미련을 두지 않고 미움을 갖지 않으면 평화를 얻을 수 있다는 심오한 진리를 담고 있습니다.

우리 인생은 어느 순간까지는 모으는 과정이겠지만, 그후는 없어지는 과정이어야 합니다. 플러스 인생이 마이너스 인생으로, Take 인생이 Give 인생으로 변해야 합니다. 진정으로 착한 행실을 하려면 우리의 시간이 없어지고, 돈이 없어지고, 마음도 다칠지도 모르며, 이름도 없어질 것입니다. 그러나 죽음과 함께 다 사라질 것들입니다.

인생이라는 그림은 한순간에 그려지는 것이 아니라, 평생 동안 조금씩 그려가는 것이랍니다. 인생은 자전거를 타는 것과 같아서 계속 페달을 밟아야 넘어지지 않고 전진합니다. 다 늙은 사람이 급하다고 허약한 몸으로 오토바이에 올라타는 것은 우습기도 하고 위험하기도 합니다. 수명을 다한 나무가 쓰러질 때는 살아서 가지를 많이 뻗었던 쪽으로 쓰러지지 자기가 원하는 쪽으로 쓰러지지 않는답니다.

이 지극한 질서들을 잘 받아들이는 일은 우리를 고결하게 살게 합니다. 그 고마움에 대한 대답으로 늘 작은 선행 앞에 깨어 있게 합니다. 지금 눈앞에 주어지는 사랑할 기회들을 자꾸 놓쳐서는 안 된다고 자신에게 속삭이게 합니다. 사랑해야 할 오늘을 놓쳐서는 안 됩니다.

우리가 거머쥔 생명, 즉 시간은 거저 받은 선물입니다. 요즘 사람들은 그 시간을 돈이라 생각합니다. 시간을 돈으로 변화시키고 환산하는 데 여념들이 없습니다. 결국은 돈을 소유하게 되지만, 대개 그 돈은 다시 허망한 시간으로 소비되고 맙니다. 어떤 사람들은 힘들게 번 돈을 다 쓰지도 못하고 세상을 정지시킨 다음 떠납니다.

다시 돌아오지 않을 고마운 시간이 지금도 흘러가고 있습니다. 시간은 돈이 아니라 사랑입니다. 우리가 시간으로 돈을 만들었다면 그 돈은 다시 사랑으로 돌려져야 합니다.

어머니의 선물 보따리

* * * *

우리 어머니는 88세가 되셨습니다. 최근에 눈을 감아도 눈 가장자리에 불빛 같은 것이 번쩍거린다고 불편을 호소하시면서 안과에 다녀오셨습니다. 의사 선생님이 노화 현상이지만 큰 문제는 없을 거라 했다며 안심하십니다.

어머니가 작지만 간절한 소원이라고 저에게 여러 번 강조하신 사안이 하나 있습니다. 돌아가시면 가장 적당한 시간 내에 당신의 안구를 기증하도록 조치하라는 당부이십니다. 어머니는 가난하고 선행도 많이 못하며 사셨기에 하느님께 가져다드릴 유일한 선물 보따리가 그것뿐이라고 늘 말씀하십니다. 기증받을 사람에게 미안한 일이 되어서는 안 된다고 열심히 눈을 관리하시고 눈에 좋다는 보조식품들도 챙겨 드십니다.

어머니 마음의 선물 보따리를 꼭 챙겨드리고 싶습니다.

신의 얼굴

* * * *

    일본의 조용한 변두리 동네에서 열 달을 살고 돌아왔습니다. 삼십 년 만에 긴 휴가를 받은 것이라 긴 여행을 다닐까도 생각했었지만, 심신이 지쳐 있었기에 한곳에서 조용히 지내는 것도 좋을 것 같아서였습니다. 생활에 필요한 물건들을 하나씩 구비하는 데 많은 궁리가 필요했습니다. 비싸지 않고 좋은 것을, 꼭 필요한 것들만 사려는 것이 쉬운 일은 아니었습니다. 일본 생활에 꼭 필요한 자전거를 사는 데는 등록과 보험이 필요해 일본 친구의 도움을 받았습니다. 자전거를 타고 동네 골목을 벗어나 가까운 강변과 해변에 나갔을 때는 미지의 세계를 열어젖히는 듯한 신선한 기쁨도 있었습니다.

시간이 많았습니다. 전화도 끊고 지내니 조용하기 그지없었습니다. 일본말도 알아듣지 못하니 더욱 그랬습니다. 시계도 없이 일어나고 싶을 때 일어나고 자고 싶을 때 잤습니다. 하루종일 한 가지 생각에만 몰두할 수도 있었습니다. '나'라는 인간을 분해하고 다시 조립할 수 있었던 의미 있는 시간이었습니다. 탄생과 가족, 교육과 종교, 의미 있는 삶의 길, 죽음과 신神 등등의 주제들을 진지하고 끈질기게 붙잡고 놓지 않았습니다. 열 달 동안 많은 것들을 새삼스럽게 깨달았고, 진정 감사했고, 새로운 결심을 할 수 있었습니다. 안식년 같은 긴 시간을 이렇게 보내도 좋을 것 같다고 친구들에게 권하고 있습니다.

거의 매일 동네 목욕탕에서 목욕을 하고 바닷가에 나갔습니다. 목욕탕에서는 국가와 민족과 한일관계를 넘어서 옆 나라 벌거벗은 할아버지들과 함께 몸과 마음을 정결하게 하는 일에 열중했습니다. 거의 매일 목욕탕엘 가다보니 지금도 어떤 할아버지의 엉덩이가 탱탱하고 어떤 할아버지가 그렇지 못한지 눈을 감으면 다 떠오릅니다.

목욕탕을 나오면 자전거로 금방 갈 수 있는 솔밭 해변에 가서 해가 지는 것을 오래 보았습니다. 내 인생에 그렇게 여러 번 아름다운 일몰을 본 적이 없습니다. 붉은 노을 속에 떨어지는 해를 보며 인생의 아름다움과 그 끝을 생각했습니다. 매일매일 그렇게 변화무쌍하게 펼쳐지는 일몰의 광경은 신神의 작품이라기보다는 차라리 신의 맨얼굴이었습니다. 그 신비로운 신의 얼굴과 표정을 잊지 않고 있다가 언젠가 꼭 만나 끌어안고 싶습니다.

우리가 인생의 길을 열심히 걷다가 어느 날 멈추어 서서 홀로 지나온 길을 조용히 돌아보고, 골똘히 나를 들여다보고, 고개를 들어 푸른 하늘을 쳐다보고. 해가 지는 것을 바라보며 눈물을 흘리는 시간을 갖게 된다면 그 인생의 길이 더 아름다워지리라 생각합니다.

인생의 언덕에 서서

***** * *

요사이, 어르신들과 선배들이 상여 타고 어디로 떠나셨나 골똘히 생각하다 잠이 들면, 나는 화들짝 놀라 깨어 나의 생사를 확인하는 데 애를 먹기도 합니다. '죽음은 어떤 꿈이 계속되는 그런 것일까, 깜깜한 침묵과 모든 사고의 멈춤일까, 의기양양한 재탄생일까, 창조주 앞에서 받는 부끄러운 심판일까……' 요즘은 죽음, 즉 '호흡의 멈춤'이 내가 집착하는 주제입니다. 인생의 몇번째쯤 되는 언덕에 서서 나에게 꽃피는 봄은, 소낙비 여름은, 단풍 지는 가을은, 하얀 겨울은 몇 번 더 찾아올 것인가를 헤아려봅니다.

사람은 죽는다고, 시간은 귀하다고, 잘 살아야 한다고 늘 남에게 애기해놓고선 정작 내가 죽는다는 그 엄연한 진실을 몸으로 받아 안기가 이렇게 황당할 줄은 몰랐습니다.

지난 한 해는 살던 곳을 떠나와서 많은 생각을 했습니다. 고마운 일입니다. 정신없이 채워진 인생의 짐 가방을 다시 열어 하나하나 끄집어내 들여다보고 버릴 것은 과감히 버릴 수 있었습니다. 이제는 중요한 짐만 챙겨 새롭게 길을 떠날 수 있을 것 같습니다.

앞으로는 내리막길입니다. 속도를 늦추고 다시 못 볼지도 모르는 산기슭의 풀꽃과 인사하며 콧노래도 읊조리며 내려가보렵니다. 나에게는 죽음이라는 순간이 양지바른 산 중턱의 잘생긴 바위처럼 다가오면 좋겠습니다. 따뜻하고 깨끗한 그 바위에 홀연히 스며드는 것으로 내 생명의 마지막을 만들면 참 좋겠습니다. 그 바위 주변에는 친구들이 키 큰 소나무가 되어 서 있을 것입니다.

우리의 사랑은 온유한가

초판 인쇄	2021년 7월 28일
초판 발행	2021년 8월 4일

지은이	고찬근
사진	이병률

책임편집	박선주
편집	이희숙 이희연
디자인	최정윤
마케팅	백윤진 채진아 유희수
홍보	김희숙 함유지 김현지 이소정 이미희 박지원
제작	강신은 김동욱 임현식

펴낸이	이병률
펴낸곳	달 출판사
출판등록	2009년 5월 26일 제406-2009-000034호

주소	10881 경기도 파주시 회동길 455-3
✉	dal@munhak.com
🅨🅕🅞	dalpublishers

전화번호	031-8071-8683(편집)
	031-8071-8671(마케팅)
팩스	031-8071-8672

ISBN	979-11-5816-138-5 03810